KB189696

천국에서 온 택배

TENGOKUKARA NO TAKUHAIBIN

©Sanaka Hiiragi 2022

All rights reserved.

First published in Japan in 2022 by Futabasha Publishers Ltd., Tokyo.

Korean translation rights arranged with Futabasha Publishers Ltd. through Danny Hong
Agency.

천국에서 온 택배

히이라기 사나카 지음

김지연 옮김

일러두기

• 이 책의 주석은 모두 옮긴이 주입니다.

• 본문 속 볼드체는 원서에서 방점이 찍힌 부분입니다.

• 인명, 지명을 비롯한 고유명사의 표기는 국립국어원 외래어 표기법을 따랐으나 이야기의 흐름에 맞춰 입말에 가까운 발음을 살리기도 했습니다.

• 본문 속 슈베르트의 〈송어〉 가사는 일본 번역문을 따랐습니다.

차례

제1화

우리들의 작은 집

기다란 의자 위는 아라가키 유코의 고정석이었다. 아침에 들어온 햇빛이 천장을 더듬고 벽을 훑다가 떠나고 방 안에 다시 어둠이 찾아올 때까지, 딱딱한 의자 위에 누워 넋이 나간 사람처럼 멍하니 천장만 쳐다본다. 좋아서 그러는 것은 아니었다. 발 디딜 틈 없는 집 안에서 겨우 몸을 뻗을 수 있는 곳이 긴 의자 위밖에 없기 때문이다. 산더미처럼 쌓인 쓰레기봉투에서는 나무젓가락이 툭 튀어나오고, 광고지와 누더기 천 같은 것과 빵 봉지도 비쳐 보인다. 빨지도 않고 아무렇게나 벗어둔 옷들이 여기저기 무덤처럼 솟아 있고, 1년도 더 지난 신문은 마치 지층처럼 켜켜이 쌓여 있다. 지난번 쓰레기 버리는 날에도 음식물 쓰레기를 깜빡하고 버리지 못했다. 이 집 안에 고여 있는 공기는 일

흰다섯 살 먹은 노인의 백발과 퍼석퍼석한 피부에도 깊숙이 침투해 있으리라.

발소리가 들리더니 이 집 앞에서 딱 멎었다. 누가 찾아왔나 싶어 아라가키는 몸뚱이를 간신히 일으켜 세웠다. 삭신이 쑤시고 뻐근했다. 꾀죄죄한 커튼 틈새로 바깥을 내다보았다. 골치 아픈 애물단지를 알아보고는 미간에 주름을 잡았다.

이 집에는 초대하지 않은 불청객만 찾아온다.

하얗게 센 머리카락을 풍성하게 부풀린 민생위원* 오키노였다. 손에는 무언가 꾸러미를 하나 들고 있다. 늘 그랬듯이 동그란 얼굴에 동그란 안경을 쓰고 동그란 눈으로 눈웃음을 쳤다.

"안녕하세요. 아라가키 씨. 안에 계세요? 오늘도 날씨가 참 좋아요."

초인종 소리와 함께 인터폰에서 목소리가 흘러나왔다. 아라가키는 아무리 집에 없는 척을 해도 현관문 앞에 서서 연거푸 초인종을 눌러대며 돌아갈 줄 모르는 오키노 때문에 참을 수 없는 분노가 치밀었다. 뭐가 마음에 안 드느냐

✦ 마을 주민의 생활을 지원하고 사회 복지를 강화하기 위해 후생노동성에서 위촉하는 민간인 자원봉사자.

하면, 하나부터 열까지 전부다. 오늘 인터폰 화면에 비친 오키노의 옷도 얼핏 보면 수수해 보이지만 그렇지 않다는 것을 아라가키는 알고 있었다. 밤색 코트는 두께와 감촉과 독특한 모양의 단추로 보건대 오랫동안 잘 손질해서 입고 있는 에르메스가 틀림없다. 안에 받쳐 입은 니트도 같은 브랜드다. 발까지는 안 보이지만 아마 항상 신고 다니는 토즈 구두도 신었을 것이다. 오키노는 모카신을 자기 발에 맞게 주문 제작해서 신고 다닌다.

혼자 사는 가난한 노파의 쓰레기 집을 방문할 때는 무난해 보이는 차림이 좋겠다고 생각해서 갖고 있는 옷 중 제일 수수한 조합으로 신경 써서 입고 왔겠지. 쓸데없는 짓이다.

태어날 때부터 가난했더라면 평생 모르고 살았을 테지만, 어설프게나마 경험해서 알기 때문에 여러 가지가 눈에 보였다. 오키노가 아무 꿍꿍이 없이 완벽한 선의로 일한다는 사실마저도 아라가키의 신경을 지독하게 긁어놓았다.

"애플파이를 만들었어요. 아라가키 씨, 같이 안 드실래요?"

동년배라도 오키노가 몇 살쯤 더 젊다. 오키노는 유복한 가정에서 태어나 이 일대의 지주 일가인 오키노 가로 시집

왔다. 이 집에서 조금 떨어진 저택에서 살고 있다. 살면서 돈이나 밥벌이 때문에 고생해 본 적 없는 여자 특유의 여유가 느껴진다. 장성한 자식이 자기 품을 떠난 지도 한참 된 터라 이 지역을 위해 할 수 있는 일을 찾다가 민생위원을 맡았다. 혼자 사는 노인들을 위해 쉼터를 마련하고 과자 교실과 요리 교실도 운영하고 있다. 동네를 청소할 때나 깃발을 들고 등굣길 안전 지킴이로 봉사할 때도 밝게 웃으며 먼저 인사를 건네는 이 마을의 인기인이다.

부족한 게 없으니까 남에게 나눠주는 거다. 여유가 있으니까 맨날 생글생글 웃고 다니는 거지. 가슴속에서 시커먼 불길이 끓어올랐다. 언제나 그렇다. 가진 자들은 가지지 못한 자들을 이해하지 못한다. 다정한 이웃이 선의를 베풀 때 가난한 사람이 어떤 심정일지 그들은 모를 거라는 데까지 생각이 미치자, 아라가키는 한참 전에 끝난 일을 아직도 부여잡고 사는 자신이 얼마나 속 좁은 사람인지 새삼 깨달았다. 그랬기에 오키노의 얼굴을 보고 싶지 않았다. 이쪽에서 아무리 거부해도 착하고 참견하기 좋아하는 이 노부인은 뜻을 굽히지 않는다. "다시는 오지 마!"라며 여러 번 돌려보냈는데도 달라지지 않았다.

이대로 딩동, 딩동, 소리가 계속 울리는 것도 듣기 싫어서 마지못해 쓰레기봉투 사이를 헤치고 나가 현관문을 열었다.

"어머, 안녕하세요, 아라가키 씨. 오늘은 같이 애플파이라도 먹을까 해서 구워 왔어요."

열린 문 사이로 집 안에 고여 있던 썩은 내가 확 밀려 나오면 대부분은 얼굴을 찌푸리기 마련인데, 오키노는 잘 길든 개처럼 표정에 변화가 없었다. 네 이웃을 사랑하라, 비록 악취가 진동할지라도, 라는 말을 따르기라도 하듯이.

"제발 신경 끄라고 했잖아요. 이 쓰레기들 좀 어떻게 하라고 잔소리하러 온 거 다 아니까. 다음에 치울게요, 그럴 마음이 생기기만 하면요."

"아뇨, 아뇨, 저는 잔소리하러 온 게 아니에요. 셋이 살다가 갑자기 혼자가 되어서 충격을 받고 낙심하는 것도 이해가 되거든요. 이래저래 힘드시겠죠. 혼자서는 청소하는 것도 만만치 않잖아요, 몸도 힘들고. 청소는 참 하기 싫고 귀찮죠."

마치 오랜 친구처럼 살갑게 굴면서 은근슬쩍 아라가키의 어깨 너머로 집 안을 한 바퀴 휘둘러보는 오키노의 시선이 느껴졌다. 쓰레기가 얼마나 쌓였는지 궁금하겠지. 아라가키는 얼마든지 사람을 사서 부릴 수 있는 오키노가 "청소는 참 하기 싫고 귀찮죠"라고 하니 고까운 생각이 들었지만 아무 말도 하지 않았다.

"아라가키 씨, 혹시 괜찮으시다면 사회 복지사와 상의해서 아라가키 씨가 밖에 나가 점심을 드시면서 쉬는 동안 구에서 청소업체를 파견하고……."

"됐어요."

"아라가키 씨가 아직 정정하셔서 그나마 다행이지만 이대로 있다가 불이라도 나면 큰일이고요."

"댁들은 나한테 무슨 일이 생기는 게 좋겠죠. 여기가 공터가 돼서 저 집과 노인네가 싹 사라지면 속이 시원하겠다고, 이 근방 사람들은 다 그렇게 생각하는 걸 내가 모를 줄 알고? 동네 초등학생 꼬맹이들도 이 집을 두고 그러던걸. 죽음의 냄새가 떠도는 '저주받은 집'이라고."

동네 아이들은 장난삼아 이 집을 '저주받은 집', '불길한 집'이라고 부른다. 오랜만에 외출한 아라가키를 보고 마귀할멈이라고 놀리며 손가락질한 적도 있다.

"'저주받은 집'이라뇨…… 당치도 않아요. 힘을 모아 청소하면 금방 원래대로, 예쁜 빨간 지붕 집으로 돌아올 거예요. 아라가키 씨도 이미 일흔이 넘으셨는데, 가끔은 남의 손도 빌리면서 사셔야죠."

됐다는 말 한마디에 물러날 오키노가 아니었다. 동네 주민 모두의 골칫덩어리인 이 집을 기어코 청소해서 눈앞의 문제를 해결하고 말겠다고 다짐했을지도 모른다. 정의의 사도는 포기하지 않는다. 거치적거리는 대형 폐기물이 사라지는 그날까지.

"저는 우리가 느슨하게 이어져서 살아가야 한다고 생각해요. 아라가키 씨는 노래를 좋아하셨잖아요. 노래 모임도 있어요. 같이 옛날 노래를 부르면 얼마나 즐거운지 몰라요"라며 전단을 내밀었다.

정신 사납게 찍어놓은 음표들을 보고 있자니 이유 없이 열불이 터졌다.

"그만 가요."

"아, 그래도……."

"그만 가라니까! 저번에도 말했잖아요! 다시는 오지 말라고!"

집 안에 들어가 문을 닫으려는데 오키노는 주눅 든 기색도 없이 문틈으로 꾸러미를 밀어 넣었다.

"이거 드세요. 애플파이인데, 나중에 드세요. 맛있게 잘 구워졌어요."

탁 쳐서 떨어뜨리고 싶었지만 차마 그러지는 못하고 하

는 수 없이 꾸러미를 받았다.

방금 구워 왔는지 아직 온기가 남아 있었다.

일부러 소란스레 문을 잠근 다음, 방금 받은 전단을 꼬깃꼬깃 구겨서 쓰레기 산 위로 내던지고 통로의 쓰레기 더미를 가르며 거실로 돌아왔다. 애플파이는 탁자 위에 올려놓고 손도 대지 않았다.

앞으로 이 집에 아무도 오지 않기를 바랐다.

진심으로.

쓰레기봉투와 탁한 공기로 가득 차 있는 누에고치 같은 집에서 편안히 눈을 감고 싶었다. 아라가키는 제자리를 찾아 기다란 의자 위에 아까처럼 몸을 뉘었다.

천장을 멀거니 바라보았다. 정체를 알 수 없는 벌레가 스멀스멀 기어가고 있었다.

두 사람이 나를 두고 떠난 지 벌써 1년 가까이 됐구나.

두 사람에게 내내 묻고 싶은 말이 있었지만, 이제 그 물음은 이 긴 의자 위에서 어디에도 가닿지 못한다.

그 물음에 대한 두 사람의 대답은 돌아오지 않는다. 영원히.

있잖아.

우리는, 진정한 친구였지? 덴코, 가나…….

딩동, 또 초인종이 울렸다.

이 집에 하루에 두 번이나 손님이 찾아오는 건 드문 일이었다. 아라가키는 오키노가 다시 돌아왔나 싶어 지긋지긋해하며 인터폰 화면을 확인했다.

낯선 여자의 얼굴이 화면에 비쳤다.

쇼트커트에 회색 제모를 쓰고 짐을 들고 있는 걸로 봐서 택배 기사 같았다. 아라가키는 외동딸에 남편과 사별한 지 10년이 훌쩍 지났고 친척들과도 왕래가 끊어진 혈혈단신 외톨이 신세였다. 그뿐 아니라 친구도 없어서 택배를 보내줄 사람이 없었다. 실제로 최근 1년 동안 택배를 받은 적이 한 번도 없다. 문패도 떼버렸다.

독거노인을 노리는 허위 배송 사기가 틀림없어. 오키노에게도, 이 여자에게도 화가 부글부글 끓어올랐다. 어떻게 내쫓으면 속이 시원할까. 이 부근에서 한 번도 본 적 없는 유니폼을 입고 있다는 점도 수상했다.

딩동, 또다시 초인종 소리가 났다.

문을 열자마자 "안녕하세요, 여기가 아라가키 유코 씨 댁 맞습니까?"라는 택배 기사의 목소리가 날아들었다. "'천국택배'입니다. 물품 배달하러 왔습니다."

천국, 택배? 처음 듣는 택배업체 이름이었다. 택배 기사는 키가 크고 앳돼 보였다. 몸이 호리호리하고 허리도 놀랄 만큼 높이 있었다. 밑에서 올려다보는 아라가키와 눈이 마주치자 모자 아래로 붙임성 좋아 보이는 눈을 땡그랗게 떴다. 회색 유니폼 가슴께에는 흰색 날개 마크. 이 사람은 표정을 숨기지 못하는 유형인지 집 안에서 악취가 풀풀 흘러나오자 한순간 괴롭다는 표정으로 숨을 들이마셨다가 간신히 참으며 웃는 얼굴을 만들어 냈다. 손에 들고 있던 작은 상자를 이쪽으로 내밀었다.

"필요 없어요."

그대로 문을 닫으려고 하자 상대가 허둥지둥했다.

"잠깐만요, 이 물건은……."

"필요 없다고요!" 소리를 빽 질렀다. 옛날부터 성량에는 자신 있었다. 이럴 때는 먼저 공격하는 사람이 이길 확률이 높으므로 고함을 질러서 상대의 전의를 떨어뜨리는 게 좋다. 요전에도 같은 방법으로 방문 판매원을 쫓아냈다.

"어차피 사기잖아요! 경찰 부릅니다!"

귀가 찌릿찌릿했는지 배달원은 뒷걸음질을 치다가 겨우겨우 걸음을 멈췄다.

"아뇨, 아라가키 씨. 이건 묘진 텐코 씨와 와타베 가나 씨가 보낸 택배예요."

묘진 덴코 씨와 와타베 가나 씨가 보낸 택배?

설마, 그럴 리가 있나.

진짜 덴코와 가나가 보냈다고?

일순 시간이 멈춘 것만 같았다.

"피, 필요 없어!"

아까처럼 큰 목소리는 나오지 않았다.

"그렇지만 진짜 묘진 씨와 와타베 씨가 보내신 거예요. 여기, 여기를 보세요" 하며 상자 위에 붙은 운송장을 보여 주었다. 받는 사람은 '아라가키 유코'였다.

보내는 사람 칸에 그리운 이름이 나란히 적혀 있었다.

낯익은 필체였다. 꾹꾹 눌러써서 오른쪽으로 갈수록 점점 더 위로 올라가는 각진 글씨는 덴코. 필기체처럼 우아한 글씨는 가나.

돌연 눈앞이 흔들렸다. 무슨 일이 일어나고 있는지 자신도 알 수 없었다.

무릎이 비틀거렸다.

얼굴을 묻은 손가락 사이로 흘러나온 물방울이 현관 바닥에 뚝뚝 떨어졌다.

배달원은 '나나호시'라고 적힌 명찰을 달고 있었다. 느닷없이 울음을 터뜨린 노파에게 물건만 건네고 후다닥 돌아가려니 미안했을까, 아니면 이웃들이 수상하게 여기고 다가오는 상황을 피하고 싶었을까. 나나호시는 "아무튼 여기서 말씀드리긴 뭐하니까, 들어갈까요? 괜찮으시면 이 택배에 관해 설명해 드리겠습니다"라며 집 안으로 들어가자고 했다.

난장판인 집 안 꼴을 본 나나호시는 흠칫 놀라서 시선 둘 곳을 찾는 것 같더니, 딱히 뭐라고 하지는 않고 아라가키의 울음이 잦아들 때까지 참을성 있게 기다렸다.

나나호시가 "이 사람이 묘진 씨, 와타베 씨…… 맞죠?" 하며 조심스럽게 말을 꺼냈다. 현관에는 사진관에서 찍은 세 여자의 사진이 큼지막하게 걸려 있었다. 아무것도 모르는 사람 눈에는 그저 사이좋은 초로의 세 자매로 보일 수 있다. 하지만 실제로는 피 한 방울 섞이지 않았고 살아온 형편도 제각각이었다. 덴코가 '우리들의 작은 집'이 완성된 기념으로 사진관에 가서 사진을 찍자고 해서, 셋이 쪼르르 피부 관리도 받고 다이어트도 하고 속눈썹 파마까지 했다. 옷은 패션 감각이 뛰어난 가나가 전부 골라주었다. 아침 댓바람부터 미용실에 가서 흰머리를 염색했는데, 덴코는 연한 보라색, 가나는 핑크색, 자신은 오렌지색으로 물들였다. 어머, 우리 신호등 같지 않아? 라며 깔깔 웃었는데……

두 사람은 이제 없다.

우선 마음이 진정될 때까지만 나나호시를 거실에 들이기로 했다. 탁자 위에 있던 잡동사니들을 그러모아 치우고 상자를 내려놓을 자리를 만들었다. 버리지 못한 쓰레기봉투는 죄다 옆방에 집어넣고, 반쯤 쳐둔 커튼을 활짝 열었다. 커튼을 열 때 겹겹이 쌓여 있던 종이 뭉치가 방해돼서 그걸 다 치우고 나자 먼지를 뒤집어쓴 피아노가 모습을 드러냈다. 조율을 안 한 지도 한참 됐다.

낮에도 늘 어두컴컴하게 있어 잘 안 보였는데 햇빛이 들어와서 환해지니까 구석구석 쌓여 있는 먼지가 눈에 띄었다. 너무 부끄러워서 대걸레를 꺼내 들자 "아, 제가 할게요"라며 나나호시가 대걸레를 받아 들고 잽싸게 먼지 덩어리를 쓸어 모았다. 나나호시가 자꾸 재채기를 해서 환기를 위해 창문에 손을 갖다 댔다. 한동안 열지 않아 창틀에 쌓여 있던 낙엽이 걸리적거리는 탓에 나나호시와 둘이 힘을 모아 "하나, 둘, 셋!" 하면서 창문을 확 열어젖혔다.

3월의 바람이 안으로 들어와 커튼을 둥글게 부풀렸다. 한동안 내버려져 있던 마당의 마른 풀들이 서걱서걱 부딪치는 소리가 났다.

오랜만에 집 안에 사람이 들어왔다.

배달원에게 청소까지 시키면서 차도 한잔 대접하지 않으려니 미안한 마음이 들었다. 오래간만에 주전자를 꺼내 물을 끓였다.

"마셔요" 하며 차를 내오자 나나호시는 모자를 벗더니 "고맙습니다" 하고 인사하며 찻잔을 거머쥐었다. 모자 자국이 남은 짧은 머리카락이 귀 언저리에서 삐죽하게 뻗쳐 있었다. 커다란 눈과 시원스레 긴 목이 사슴을 떠올리게 했다.

탁자 위에 택배가 쓸쓸히 놓여 있었다. 손에 들어보니 도감이라도 들었는지 크기에 비해 제법 묵직했다.

뭔가 잘못됐다 싶었지만, 분명 두 사람의 필체였다.

배달원은 나나호시 리쓰라고 자신을 소개했다.

"저희 천국택배는 의뢰인이 지정하신 분께 유품을 전달하는 일을 하고 있습니다."

"천국…… 택배? 유품?"

머리가 따라가지 못했다. 두 사람의 장례식을 맡았던 상조업체에서도 따로 설명을 들은 게 없었다. 설마한들 두 사람이 자신에게 택배를 보내려고 천국에서 운송장을 작성하지는 않았겠지. 멀뚱멀뚱 나나호시의 얼굴을 쳐다보았다. 발이 달렸는지 탁자 아래를 확인해 볼 것도 없이 딱 봐도 실체를 가진 인간이 분명했다.

"묘진 씨와 와타베 씨가 살아생전에 저희 쪽에 의뢰하셨습니다. 이걸 아라가키 씨께 전해달라고요."

나나호시는 잔잔한 미소를 머금었다. 두 사람의 이름을 말하는 나나호시의 말투가 너무 자연스러워서 둘 다 이미 죽고 없는 사람이란 느낌이 들지 않았다. 이 배달원은 젊고 건강한데도 왠지 죽음과 연결된 듯한 묘한 존재감을 내뿜고 있었다. "그러면, 둘 다 살아 있을 때 이걸 맡겼다고?" 약 1년 반 전에 덴코가 입원했으니까 그보다 조금 더 일찍 맡겼다고 보면 되려나.

눈앞에 상자가 놓여 있는데도 열어보고 싶은 마음이 생기지 않았다. 상자 안에 뭐가 들었든 두 사람이 이 집에 없다는 사실은 변함이 없다. 열어봤자 혼자 남은 이 집에 허전함만 더할 뿐이다.

나나호시가 아라가키의 얼굴에 그늘이 진 걸 알아차리고 걱정스레 들여다보았다.

"저…… 아라가키 씨와 두 분은 친구셨죠?"

"그래. 친구지. 고등학교에서 만나 동아리도 같이하고, 졸업하고 어른이 돼서도 우리는 친구**였어**. 그런데 둘 다

먼저 가버렸지. 나만 혼자 남겨두고……." 또다시 울음이 목구멍을 넘어오려고 해서 간신히 참았다.

당황한 나나호시가 자기 주머니를 뒤적였다.

"저기, 이거. 제가 먹던 거라 좀 그렇지만. 초콜릿입니다. 슬플 때는 단 게 최고죠, 배달하다가 지칠 때도 그렇고요. 드세요."

나나호시가 네모난 초콜릿을 꺼냈다. 하라는 대로 은박지를 벗기고 입에 넣었다. 처음 보는 배달원과 수상한 택배가 앞에 있고, 폐허를 방불케 하는 거실에서 먹어도 초콜릿은 여전히 달았다.

"……열어보세요." 나나호시가 택배 상자를 슬쩍슬쩍 아라가키 쪽으로 밀면서 말했다.

"싫어."

"왜요? 친구분들이 보내신 거잖아요."

"새삼 낙심하고 싶지 않거든. 뭐가 들었는지 몰라도 기대가 크면 실망도 클 테니까."

"슈뢰딩거의 고양이[＊] 같네요. 열어보기 전에는 실망스

[＊] 양자역학의 불완전성을 비판하기 위해 에르빈 슈뢰딩거가 고안한 사고 실험. 밀폐된 상자 안에 독성 물질과 함께 있는 고양이의 생존 여부를 설명한 내용이다. 상자를 열어 확인하기 전에는 고양이가 살았는지 죽었는지 알 수 없다는 이야기로 유명하다.

러운 물건이 들었는지 만족스러운 물건이 들었는지 알 수 없죠."

뚱딴지같은 소리를 입에 올렸다. 그나저나 이 배달원은 언제까지 여기 있을 심산일까.

"물건을 배달하고 나면 일 끝난 거 아닌가?"

"아뇨, 주인에게 전달해야 끝입니다."

"주인에게 전달했는데?"

"묘진 씨와 와타베 씨는 아라가키 씨가 '내용물'이 뭔지 꼭 확인하게 해달라고 부탁하셨거든요."

어색한 침묵이 이어졌다.

인제 그만 가주면 좋겠는데.

그런 생각을 읽었을까, 나나호시가 장식장으로 시선을 돌리며 "앗! 혹시 저건 앨범이에요?" 하고 생뚱맞은 질문을 던졌다. 장식장 맨 위에 세워놓은 두꺼운 빨간색 표지를 발견한 모양이었다. "와…… 빨간색 가죽 앨범이라니, 이 집 지붕 색깔이랑 똑같네요. 근사해요"라며 집요하게 물고 늘어졌다. 대화를 이어가다가 잘 달래서 상자를 열어보게 할 속셈일 테지.

하는 수 없이 장식장에서 먼지가 뽀얗게 내려앉은 앨범을 꺼냈다. 먼지를 탈탈 털었다. 가나가 파리의 벼룩시장에서 발견한 것을 가죽 세공 기술자가 근사하게 새로 만들어 준 앨범이었다.

"여기 뭐라고 적혀 있어요?"

빨간 가죽에 필기체 제목이 시원시원하게 쓰여 있었다.

"프랑스어로 '우리들의 작은 집'이라는 뜻이야."

"와, 귀엽네요. 좀 봐도 돼요?"

"이봐, 배달은 어쩌고?" 보통 배달원들은 눈코 뜰 새 없이 바쁘게 돌아다니던데, 이 사람은 여기서 죽치고 있어도 되는지 걱정스러웠다.

"오늘은 여기가 마지막이거든요. 사장님이 제 몫까지 열심히 배달하니까 괜찮아요" 하며 눈을 접고 웃었다.

앨범을 펼치자 셋이 함께 여행 가서 찍은 사진이 맨 먼저 눈에 들어왔다.

아, 덴코의 이혼을 축하하는 여행에서 찍은 사진이구나.

세 사람 모두 이즈⁺에 있는 호텔 앞에 서서 산뜻하게 웃고 있었다.

"이 사람이 덴코"라며 손가락으로 가리켰다. 덴코는 제일 키가 크고 언행도 맏언니 같아서 항상 의지가 되는 친

⁺ 온천과 해안으로 유명한 관광지.

구였다. 짙은 눈썹과 그 아래로 보이는 서글서글한 눈매 덕분에 학창 시절에는 후배 여학생들에게 인기가 많았다. 이 사진을 찍을 때는 아직 오십 대 후반이었는데, 늘 그랬 듯이 허리를 꼿꼿하게 세우고 있었다. "일하던 사무소를 조기 퇴직하는 김에 주부 노릇도 동시에 그만두려고"랬나. 공부도 제일 잘하고, 말도 빠르고, 요령도 좋고, 하여간 뭘 하든 친구들 중에서 제일 빨랐다. 연애, 운전, 결혼. 컴퓨 터를 사용하고 핸드폰을 장만한 것까지 매번 덴코가 맨 먼 저였다. 그리고 죽는 것도…….

"덴코는 치과 의사였던 남편과 살다가 애정이 완전히 식 어서 황혼 이혼을 했어. 그때 이혼 기념 여행으로 셋이 온 천에 가서 신나게 놀았지."

"헤헤. 이혼 기념이라니 재미있네요." 나나호시라는 이 배달원은 머리가 나쁜 건지 뭔지 뇌와 입이 바로 연결돼 있기라도 하듯 속을 훤히 내보였다. 뭐, 대충 시간을 때우 기 위한 대화 상대로는 나쁘지 않았다.

"결혼할 때보다 이혼할 때가 더 힘들거든. 그래서 마음 을 달래려고 떠난 여행이었어. 여행 중에 덴코가 '법적으 로 이혼이 성립하면 집을 나올 생각인데 앞으로 어디서 살 면 좋을까?'라는 말을 꺼내지 뭐야. 아무리 수명이 길어졌

다고 해도 오십이 넘으면, 이번이 마지막 거처가 될지도
모른다는 생각이 들기 마련이거든. 시골에 큰 집을 지을
까…… 도심에 아파트를 살까…… 가루이자와는 어떨까?
온천수가 나오면 좋겠다, 셋이서 밤늦도록 들떠서 그런 이
야기를 나눴지.”

　나나호시가 몸을 앞으로 내밀었다.

　“온천 마을 좋죠. 저는 오토바이 여행이 취미라서 오토
바이를 타고 전국을 돌아다니는데요, 온천도 엄청 좋아하
거든요. 언젠가 온천 마을에 사는 게 꿈이에요”라며 말을
었었다.

　“그렇게 이러쿵저러쿵 떠들다가 가나가 살던 아파트도
곧 재건축한다는 얘기가 나왔어.”

　사진에서 가나를 가리켰다. 덴코와 반대로 가나는 다정
함이 서려 있는 왕방울만 한 눈에, 디자인이 독특한 안경
을 썼다. 앞머리를 최대한 짧게 자르고 늘 함박웃음을 머
금고 있었다. 체구가 작아서인지 나이가 들어도 어딘가 소
녀 같은 분위기를 풍겼다. 느긋한 부잣집 아가씨였던 가나
는 유학 가서 만난 프랑스 남자와 요란하게 연애를 했지
만 문화 차이인지 결혼관의 차이인지 결국 결혼까지는 가
지 못하고 혼자 돌아왔다. 그 후로 대학에서 시간 강사로

프랑스어를 가르치거나 번역 일을 하면서 평생 혼자 살았다. 사진 속의 가나도 똑같이 오십 대 후반인데, 길에서 보면 한눈에 시선을 빼앗길 듯한 진분홍색 옷을 당당하게 차려입고 목에는 강렬한 연두색 스카프를 두르고 있었다. 역시 패션 감각이 남다르다니까. 신기하게도 웬만큼 나이를 먹고부터 한결 맵시가 났다.

"그러자 덴코가 '앗! 우리 셋이 한집에 사는 건 어때?'라는 거야."

그 순간 눈이 확 떠지는 느낌이 들었다. 마음이 잘 통하는 세 여자가 한 지붕 아래에서 같이 산다. 자신도 남편과 사별하고 혼자였고, 외동딸이었던 덴코의 부모님은 이미 돌아가셨고, 가나는 언니가 있었지만 얼마 전에 세상을 떠났다. 그러므로 여기 세 사람은 다 홀몸이다. 먼 친척은 있지만 자식도 없고 부모도 없으니 상속 면에서도 딱히 걸릴 만한 문제는 없을 듯했다. 덴코가 행정사니까 상속에 관해서라면 훤할 터. 꿈이 아니라 실제로 우리만의 집이 생길지도 모른다.

"그다음부터는 일사천리였어. 가나는 아파트를 팔고, 나도 살고 있던 연립 주택을 처분했지. 낡았어도 정취가 느껴지는 주택을 공동으로 구매해서 깔끔하게 리모델링한

게 바로 이 집이야. 혹시 누가 먼저 죽더라도 다툼이 일어나지 않게 유언장도 미리 써뒀고. 아담해도 우리 세 사람에게는 성이나 다름없는 집이었어."

죽음은 아직 먼 미래라고 생각했지만, 만약을 위해 가벼운 마음으로 유언장을 작성했다. 그때까지 죽음은 실감조차 나지 않았다.

자신이 이 집에 혼자 남으리라고는 꿈에도 몰랐다.

"좋네요. 친구들끼리 살면 정말 재밌을 거 같아요."

"말해 뭐 해. 나이가 들면 알 거야, 마음이 잘 맞는 친구가 얼마나 소중한지. 나는 그때까지 살아왔던 시간보다 예순이 돼서 친구들과 이 집에서 살았던 10년이 훨씬 행복했어. 살면서 제일 즐거운 시기였지. 언제가 청춘이냐고 묻는다면, 난 육십 대라고 대답할 거야."

지금은 황폐하고 냄새가 진동하는 이 집에도 꽃향기가 가득했던 시절이 있다. 각자 좋아하는 꽃이 달라서 철마다 서로 다른 꽃을 마당에 심고 꽃이 피기를 기다렸다. 아침에 눈을 뜨자마자 셋이서 꽃에 물을 주고 가위로 가지를 잘라 앤티크 꽃병에 꽂았다. 꽃꽂이 솜씨는 유코가 제일 좋다는 칭찬도 들었다. 어떻게 장식하면 세 사람 모두 만족할 수 있을지 고심하는 시간도 즐거웠다. 개성 있는 세가지 꽃을 한데 모아놓으면 색깔과 향기로 서로의 모자란 점을 메워주기 때문에 더 예뻐 보였다. 마치 이 집에 사는 세 사람처럼.

어째서 꽃은 그 모습 그대로 영원히 살 수 없는 걸까. 생기를 잃을 때마다 하나씩 추려냈던 꽃들은 마지막까지 남아 있던 꽃마저 시들고 나면 쓰레기통에서 다시 만났다. 꽃이 있었다는 기억만 남을 뿐, 손안에는 아무것도 남지 않는다.

원래는 아주 예쁜 꽃이었다 할지라도 시들어 갈색이 되면 쓰레기통으로 들어간다.

아름다운 추억일수록 그것을 잃어버렸을 때 가슴에 생기는 구멍도 커진다는 사실을 그때는 몰랐다.

처음부터 외톨이였다면 이런 생각도 하지 않았을 텐데.

역사에 이름을 남기지도, 일에서 대단한 업적을 쌓지도 못했는데 이제는 가족도 없다. 지금 당장 이 세상에서 홀연히 자취를 감추더라도 아무도 슬퍼하지 않겠지. 자신이 사라졌다는 사실조차 한동안 알아차리지 못할지도 모른다.

도대체 나는 왜 사는 걸까.

그저 주어진 시간이 끝날 때까지 매일매일 죽음을 기다릴 뿐인데. 이렇게 사는 게 의미가 있을까.

날마다 편의점에서 사 온 빵을 게걸스레 입에 넣으며 목숨을 이어가고 있다. 걸신들린 듯이 먹어 치우는 꼴은 동네 아이들 말대로 마귀할멈 그 자체였다.

함께 가꾸던 아름다운 정원에는 이제 잡초만 무성했다.

모든 게 엉망진창이 되어버렸다.

모조리 다.

두 사람이 죽기 전에 사소한 문제가 생겼다. 아니, 실제로는 문제로 번지지도 못했다. 그때 하고 싶었던 말을 속으로 삼키고 두 사람 앞에서는 입을 다물어 버렸기 때문에 그 일이 여태 풀리지 않고 남아 있는지도 모르겠다.

두 사람에게 속마음을 솔직하게 털어놨더라면 어땠을까. 그때 가슴에 박힌 가시를 아직도 빼지 못했다. 두 사람이 죽고 없는 지금까지도.

"저……." 나나호시가 얼굴을 들여다보았다. "괜찮으세요?"

퍼뜩 정신을 차렸다.

펼쳐진 앨범 속에서 덴코와 가나는 예전 모습 그대로 웃고 있었다.

"이렇게 보니까 진짜 자매 같네요." 나나호시가 말했다.

"이웃들은 우리가 친자매인 줄 알았나 보더라고. 덴코가 첫째, 가나가 둘째. 그리고 내가 막내. 친구들은 나를 느림 보 유코라고 불렀어. 뭘 하든 셋 중에 제일 느렸거든.”

앨범을 계속 넘겼다. 셋이 함께 조식을 먹는 사진, 온천 여행에서 찍은 사진, 나란히 팩을 붙인 얼굴이 거울에 비치 는 사진도 있었다. 기모노를 입고 한껏 멋을 부린 사진, 마 당에 좋아하는 꽃을 심고 나서 찍은 사진, 케이크를 만들 다가 실패해서 전병처럼 되어버렸을 때의 사진…….

10년 동안의 추억이 가득 들어 있었다.

이런 때가 아니었다면 이 앨범을 들춰보는 일도 없었으 리라.

사진을 보고 있자니 세 사람의 얼굴에 주름이 점점 늘어 나고 풍채가 좋았던 덴코는 자꾸자꾸 여위어 갔다. 덴코가 방광염에 걸렸을지 모르겠다며 여행 가기 전에 약을 받아 와야겠다고 가볍게 말한 게 그때쯤이었다.

결국 그 여행은 가지 못했다.

그 후로는 사진이 거의 없다.

병실에서 찍은 사진 한 장이 남았을 뿐이다.

침대에 누워 있던 덴코는 볼이 옴폭 들어가고 살이 빠져 서 딴사람 같았다. 병은 예상보다 훨씬 진행 속도가 빨랐 다. 덴코는 그토록 집에 가고 싶어 했지만 끝끝내 소원을 이루지 못하고 입원해 있던 병원에서 숨을 거두었다.

나나호시가 앨범을 한 장 더 넘기자 그다음 장은 비어 있었다.

"뭐가 그렇게 급했는지……." 양 손바닥에 얼굴을 묻은 아라가키에게 나나호시가 티슈를 내밀었다.

덴코가 죽고 미처 슬픔을 달랠 새도 없이 이번에는 가나가 쓰러졌다. 평소 가나는 지병에 관해 대수롭지 않게 말했지만 수치가 계속 올라가고 있던 모양이었다. 순식간이었다.

숨을 쉬기 힘들었다.

어째서 나만.

이 집은 우리들의 작은 집이건만.

"나는 더 이상 살고 싶지 않아. 불필요한 추가 시간을 얻은 기분이라고 해야 하나. 덴코와 가나가 없는 이 집에 혼자 있으면 죽을 만큼 괴로워. 홍차를 끓여주던 덴코와 빵을 구워주던 가나가 자꾸만 떠오르거든. 지금은 집도 마당도 황폐해졌고, 살아 있어도 사는 맛이 안 나. 애지중지하던 피아노도 쓰레기 더미에 파묻혀 버렸고. 죽고 싶으면 죽으면 되지 않냐고? 하지만 죽는 건 무서워. 저세상에 가서 덴코도 가나도 못 만나고, 어둠 속에서 혼자 헤매게 되면 어떡해."

나나호시는 아라가키가 울음을 그치길 가만히 기다렸다.

슬금슬금 상자로 손을 가져갔다.

"……이 상자, 안 열어보실 거예요?"

아라가키는 고개를 옆으로 내저었다.

"더는 아무것도 잃고 싶지 않아. 두 사람은 이미 떠나고 없고. 아무리 울어봤자 다 끝난 일이야."

아침마다 또 하루가 시작됐구나, 하며 눈을 떴다.

시큼한 음식물 쓰레기 냄새가 진동하는 이 집은 지금의 신세와 똑같았다.

본능만 남은 채로 기다란 의자 위에 누워 언제 찾아올지 모르는 죽음을 마냥 기다리고 있다.

이런 심정은 아무도 이해하지 못하겠지.

"……이 집에서 홀로 아침을 맞는 사람의 심정을 댁 같은 젊은 사람은 절대 모를 거야."

나나호시는 진지한 얼굴로 아라가키를 바라보았다. 중대한 신의 계시를 전하는 무녀와 같은 눈빛이었다.

나나호시가 느닷없이 눈을 감자 집 안에 긴장감이 감돌았다. 속눈썹이 길었다. 뭔가에 몰두한 사람처럼 한동안 꼼짝도 하지 않았다.

이 사람 설마 뭔가 기운을 감지하는 신비한 능력이라도 있는 걸까.

바람이 휙 불자 커튼이 두둥실 부풀어 올랐다.

천천히 눈을 뜬 나나호시의 시선이 아라가키를 향했다.

"모르겠습니다."

너무 단호하게 대답하는 바람에 힘이 쭉 빠졌다. 좀 전의 그 행동은 뭐였을까. 나나호시는 아라가키의 표정을 보고는 부랴부랴 "그게요. 아는지 모르는지 묻는다면, 몰라요. 이해할 수 없다는 의미에서 모른다고 한 건데요……" 라고 빙빙 돌려 말하며 머리를 긁적였다.

"죄송해요. 저는 헤이세이[*] 태생이라 아라가키 씨와는 같을 수가 없는데. 안다고 하면 그건 거짓말이잖아요. 뭔가 그럴싸한 말을 하고 싶어서 잠깐 정신을 집중해 봤는데요."

가식이 없는 말에 허를 찔리고 말았다.

그야 그렇겠지.

누가 내 얘기를 들어주면 좋겠다, 나를 이해해 주면 좋겠다, 바라면서도 아무도 이해하지 못할 거라고 확신하는 모순에 빠졌다.

---

[*] 1989년 1월 8일부터 2019년 4월 30일까지를 가리키는 일본의 연호.

나나호시가 아라가키를 물끄러미 바라보았다.

"제가 완벽하게 이해하는 건 불가능하겠지만, 남겨진 사람을 위해 할 수 있는 일은 아직 있을 거라고 생각해요."

부질없는 소리다.

죽음이라는 어쩔 수 없는 현실 앞에서 살아 있는 사람이 할 수 있는 일은 없다. 제아무리 발버둥 쳐도 죽은 사람이 다시 살아 돌아오지는 않으니까.

"사람은 둘로 나눌 수 있어요. '죽은 사람'과 '아직 죽지 않은 사람'. 누구나 죽으면 강을 건넙니다. 하지만 아라가키 씨는 아직 강 저편으로 가지 않았어요. 오늘이라는 하루를 살고 계시죠."

나나호시는 거기까지 말하다가 또다시 두 손으로 택배 상자를 아라가키 쪽으로 밀었다. "틀림없이 지금 아라가키 씨에게 꼭 필요한 물건일 거예요."

눈앞에 놓여 있는 두 사람의 이름을 가만히 응시했다.

두 사람은 무슨 생각으로 여기다 이름을 적었을까.

인생의 마지막 순간에 두 사람은 뭘 보냈을까…….

마지못해 상자를 열어보니 안에 네모난 물건이 들어 있었다. 포장지를 벗기자 기계가 하나 나왔다. 카세트 같았다. 카세트 안에는 테이프가 꽂혀 있었다.

편지 같은 건 없었다.

기계에 약해서 어떻게 해야 할지 몰랐다.

"그러면, 제가 틀어봐도 될까요?" 하며 나나호시가 손을 뻗었다.

겁이 더럭 났다.

진실이 드러날지도 모른다.

그날처럼 두 사람은 나와 사는 세계가 완전히 다르다는 사실만 알게 되면 어쩌지.

막으려고 했지만, 이미 카세트가 돌아가고 있었다.

아니, 이건? 하고 목소리가 튀어나온 찰나.

피아노 소리가 흘렀다.

아라가키는 옴짝달싹할 수 없었다. 그저 눈만 깜빡일 뿐이었다.

들어본 적이 있다. 수백 번, 아니, 수천 번은 들었던 선율이다.

투명한 곡조가 차례차례 이어지며 시냇물 소리를 만들어 냈다. 어느새 아라가키는 상상 속에 빠져들어 숲속의 차가운 시냇물에 종아리를 담그고 있었다. 은빛 물고기가 바위에 부딪혀 차가운 물보라를 일으키며 지나갔다.

이 곡은 슈베르트의 〈송어〉다.

목소리가 포개졌다. 맑은 저음과 그 위에 쌓인 조금 높은 목소리. 분명 덴코와 가나의 목소리였다.

맑은 개울을 반짝이며
화살처럼 피하는 송어 한 마리

아라가키는 손끝으로 눈물을 닦으며 의자에서 일어섰다.
다리를 어깨너비만큼 벌리고, 어깨를 살짝 올렸다가 힘을 빼고 내렸다. 시선은 조금 위로.
아라가키는 두 사람의 목소리 위에 가장 높은 소리를 덧입혔다.

개울가에 서서 바라보았다네
깨끗한 물속에서 춤추는 송어를
깨끗한 물속에서 춤추는 송어를

2절과 3절 노랫소리가 끝나고 피아노 반주도 끊기자 탁하는 소리와 함께 테이프가 멈췄다.
집 안에 고요가 찾아왔다.
아라가키는 비틀비틀 의자에 앉아 손끝으로 카세트를

매만졌다. 그의 눈은 카세트에 고정되어 있었다.

대체 언제 녹음했을까. 거짓말처럼 목소리에 힘이 넘쳤다. 만약 병에 걸리고 나서 녹음을 했다면 기운이 많이 달렸을 텐데. 하지만 성량과 울림에서는 그런 느낌이 전혀 들지 않았다. 어쩌면 이 노래를 부르느라 두 사람 다 상당히 무리했을지도 모른다.

그런데도 노래를 끝까지 불렀다.

카세트 윤곽이 번지며 눈앞이 흐릿해졌다.

아라가키는 눈물을 훔쳤다.

"……오랜만에 불렀어. 우리는 합창부였거든. 덴코는 알토, 가나는 메조소프라노, 나는 소프라노, '최강의 트리오'였지."

"지금도 여전히 최강이세요. 훌륭한 합창이었어요."

이 집에서 가나의 피아노 반주에 맞춰 수없이 노래를 불렀다. 전주가 들리면 잡지를 읽다가도 저절로 콧노래를 흥얼거렸고, 빨래를 널고 있던 덴코까지 얼결에 목소리를 보태며 셋이 노래를 부르곤 했다. 옛날부터 쭉 그랬다. 혼자 부르는 것도 좋았지만 셋의 목소리가 어우러지면 혼자 노래할 때보다 세계가 크게 확장되는 느낌이 들었다.

배 속 깊은 곳에서 소리가 울려 퍼지자 폭죽이 터진 듯

온몸이 찌릿찌릿했다. 심장 소리가 또렷이 들렸다. 이런 기분은 오랜만이었다.

"이 노래, 슈베르트의 〈송어〉에는 추억이 있어."

정말 이상했다. 꾸밈없는 이 여자애를 보고 있으면 왜인지 이야기가 하고 싶어졌다. 우리들의 작은 집과 우리 셋의 이야기를.

"지금은 내 꼴이 이래서 상상이 잘 안 되겠지만 실은 제법 유복한 집에서 나고 자라 유명한 사립 여고를 다녔어. 그 학교 합창부에서 덴코와 가나를 만났는데, 죽이 잘 맞아서 늘 함께였지."

그리운 옛날 일을 회상했다. 교복이 무척 예쁜 학교였는데 동그란 옷깃이 달린 흰색 셔츠를 입고 있으면 다들 부러워하는 게 느껴져서 어깨에 저절로 힘이 들어갔다. 매일 늦게까지 합창 연습을 했다. 연습을 마치고 셋이 같이 집에 갈 때면 온갖 이야기를 나눴다. 연애 상담, 심술궂은 여교사 험담, 장래 희망, 발표회 이야기까지. 이야깃거리는 무궁무진했고 수다를 떠는 세 사람의 얼굴에서는 웃음이 끊이지 않았다. 앞으로도 계속 그렇게 웃으며 살아갈 거라고 믿었다.

그날이 오기 전까지는.

"고등학교 3학년 때 아버지가 하시던 사업이 갑자기 부도가 났어. 그때부터 생활환경이 아예 달라졌지. 나도 사립 학교는 그만두고 돈을 벌어야 했고."

살던 집을 팔고 세 가족은 연립 주택에서 두 평짜리 단칸방에 살기 시작했다. 화장실은 공용이고 욕실은 따로 없었다. 등교하기 전에 조간신문을 돌렸고, 학교에서 돌아오면 밤늦게까지 봉투 붙이는 일을 했다. 아버지 어머니도 밤낮으로 일하느라 심신이 피폐해졌다.

"흔히들 '행복은 돈으로 살 수 없다'라고 말하지만, 과연 그럴까. 처음부터 궁핍하게 살아서 아무것도 몰랐다면 그나마 행복했을지도 몰라. 모르면 이 세상에 존재하지 않는 게 되니까. 하루는 붙이고 붙여도 줄어들지 않는 봉투 뭉치를 보고 있자니 불현듯 절망이 나를 짓누르는 기분이었어. 앞으로도 빚더미에 깔린 채로 계속 이렇게 살아야 하는구나. 이게 내 인생이고, 현실이구나."

"그러……셨군요."

"그런데도 덴코와 가나는 나를 만나러 와줬어. '같이 노래하자', '마지막 교내 발표회에 셋이 나가자'."

아라가키는 길게 한숨을 내쉬었다. 두 친구에게 사는 집을 보여주기 싫어서 현관문을 힘껏 닫았을 때와 제 손으로 잘라 삐뚤빼뚤한 머리카락이 신경 쓰여서 내내 만지작거렸을 때의 비참함이 단번에 되살아났다. 학교를 그만둬서 발표회는 못 나간다고 해도 두 사람은 막무가내였다. 둘 다 꽤 영향력 있는 3학년 학생이었던지라 교사 전원에게 참가 허가를 받아냈다.

"처음에는 영 안 내켰지만 덴코와 가나가 몇 번이고 같이하자며 나를 부르러 왔거든. 그 발표회에서 불렀던 노래가 바로 슈베르트의 〈송어〉였어."

지금도 선명하게 기억났다. 발표회 당일 무대 위에 서서 조명을 받으며 노래를 시작하자 강당을 가득 채운 관객들은 소리를 죽이고 노랫소리에 귀를 기울였다. 노래가 끝났는데도 물을 끼얹은 듯 조용해서 어? 뭐지? 하던 순간에야 비로소 엄청난 박수 소리가 울려 퍼졌다. 박수 소리는 그칠 줄을 몰랐다. 더없이 자랑스러운 순간이었다.

"지금 이 자리에서 죽어도 좋다고 생각했어. 그렇지만 사람은 그렇게 쉽게 안 죽어. 그 뒤로도 계속 이어졌지."

나나호시는 커다란 눈동자를 반짝이며 묵묵히 듣고 있었다.

"덴코와 가나는 둘 다 명문대에 진학했어. 나는 작은 회사에 들어가서 아침부터 저녁까지 일했고."

중매로 만난 남편은 술버릇이 안 좋았고, 결혼 생활 내
내 한순간도 행복하지 않았다. 자식을 못 낳는다고 시어머
니에게 구박도 적잖이 받았다.

그래도 셋 중 하나가 졸업을 하고, 유학을 가고, 결혼을
한 뒤에도 1년에 한 번씩은 꼭 만났다.

평소에는 돈을 아끼느라 직접 머리를 잘랐지만, 셋이 만
날 때는 1년 동안 모은 돈을 들고 미용실에 갔다. 맨날 교
복처럼 같은 옷을 입다가도 친구들과 만날 날이 정해지면
눈 딱 감고 품질 좋고 비싼 옷을 사기도 했다. 허세를 부리
려는 게 아니라 소중한 두 친구 앞에서 '생기발랄한 유코'
로 남기 위해 필요한 과정이었다.

"다들 학생 때처럼 태평하게 살 수는 없더라고. 나만 그
런 게 아니라, 두 사람도 모든 일이 순풍에 돛 단 듯 순조
롭게 풀리지는 않았던 모양이야. 여자 셋이 모여 살기 시
작한 건 저마다 많은 우여곡절을 거치고 예순이 코앞에 왔
을 때였어. 내가 육십 대가 제일 행복했다고 말한 것도 이
해가 되지?"

"그러게요. 친한 친구끼리 같이 살면 정말 재미있을 거
같아요."

나나호시는 악의 없는 얼굴로 대꾸했다. 그러다가 의미

심장한 아라가키의 표정을 읽었는지 "어? 재미있었던 거, 맞죠?" 하고 되물었다.

스스로 생각해도 왜 이런 일을 신경 쓰는지 이해할 수 없었다.

"재미있었고말고. 행복했어. 그런데 두 사람은 내게 말 못 하는 사정이 많은 거 같더라고."

줄곧 가슴에 담아두었던 한 가지 의문이 아라가키의 입에서 돌멩이처럼 또르르 흘러내렸다. "……그렇게 어긋난 사이를, 진정한 친구라고 할 수 있을까."

"에이, 친구 맞잖아요. 좋은 친구였죠? 사이좋게 함께 사셨으면서."

아라가키는 힘없이 고개를 옆으로 흔들었다.

"역시 두 사람과 나는 사는 세계가 달랐어. 학창 시절에도 그랬고, 어른이 되고 나서도 둘은 항상 나를 배려했어. 둘이 갈 수 있는 레스토랑도 셋일 때는 못 가. 둘이 갈 수 있는 부티크 매장도 셋이서는 무리고. 호화 유람선 여행, 고급 온천 여행, 해외여행도 마찬가지였겠지. 둘 다 부잣집 딸이라서 재산이 많았을 거야. 반대로 나는 연금으로 입에 풀칠만 겨우 하는 형편이고. 차이가 나는 게 당연하지. 마음껏 쇼핑하고 값비싼 음식을 배불리 먹고 싶어도 내가 있으면 못 그러잖아. 자기들이 낸다는 말도 못 해, 내가 신경 쓸 걸 아니까. 솔직히 민폐⋯⋯였을 거야. 나라는 존재가."

"설마. 아닐 거예요."

"내 눈을 피해 둘만 속닥거릴 때도 있고, 슬며시 외출할 때도 있었어. '잠깐 모임이 있어서'라면서 눈을 돌리더라고. 역시 두 사람과 나는 다르구나 했지. 그때마다 내 신세가 너무 비참했어. 내가 좋아하는 과자를 사 들고 올 때도 있었지만, 그런 날은 아무 맛이 안 나더라고."

1인분만 들어 있는 과자 봉투를 받아 들자 아, 덴코와 가나는 다른 데서 맛있는 걸 마음껏 먹고 왔구나, 하는 생각이 꼬리를 물고 튀어나왔다.

나는 왜 별일도 아닌 일에 여태 혼자 끙끙 앓고 있는 걸까. 누가 뭐라 해도 셋이서 즐겁고 행복하게 살았던 건 엄연한 사실인데. 그렇지만 두 사람의 배려가 고마우면서도 입이 썼던 기억이 동시에 떠오르고 만다.

"다만 한 가지 마음에 걸리는 건, 난 두 사람에게 아무것도 해주지 못했다는 거야. 늘 받기만 했지. 좀 전의 그 노래도 그래. 두 사람은 세상을 떠난 지금도 내게 마음을 쓰고, 안쓰러워하면서 손을 내밀어 줬는데⋯⋯."

그 순간, 나나호시의 배에서 꼬르륵 소리가 났다.

"죄송해요. 집중해서 듣고 있었는데, 제 배가 분위기 파악을 못 하고"라며 머리를 긁적거리면서 미안해했다.

"괜찮아, 살아 있으니까 배가 고픈 건 당연하지"하며 아라가키가 웃었다.

"어디 먹을 게 있으려나……."

"아뇨, 괜찮아요."

나나호시는 미안한 마음에 손사래를 쳤다.

"나도 출출하니까. 같이 먹자고."

그러고 보니 아까 오키노에게 받은 애플파이가 생각났다. 동그란 꾸러미를 풀자 윤기가 좌르르하고 먹음직스러워 보이는 애플파이가 들어 있었다.

"이야, 맛있겠다. 사 오신 거예요?"

"민생위원이 들고 온 거야. 오늘도 당장 내쫓긴 했지만, 포기를 모르는 사람이거든. 어디, 맛 좀 볼까?"

차를 다시 내와서 애플파이를 자르자 사과가 빈틈없이 꽉 들어차 있는 단면이 보였다.

"대박! 가게에서 파는 애플파이 같아요."

아라가키는 한입 베어 먹고 나서 고개를 끄덕끄덕했다. 맛있었다.

"홍옥으로 만든 게 틀림없네."

"홍옥이요?"

"사과 품종인데 그냥 먹으면 신맛이 강하지만, 파이 같은 데 넣으면 훨씬 맛이 좋거든. 가나도 과자 만들 때 홍옥을 자주 썼지."

"아아, 슈퍼에서 그런 것도 파나 봐요. 저는 가리는 게 없어서 뭘 먹어도 다 맛있거든요."

"동네 슈퍼에선 잘 안 팔아서 따로 주문하지 않으면 구할 수 없어"라고 말하던 도중에 오키노가 애플파이를 같이 먹으려고 일부러 홍옥까지 준비해 줬다는 걸 깨달았다.

조금이라도 더 맛있게 만들려고 공을 들였나 보네. 내가 기뻐하는 얼굴을 보고 싶어서 정성껏 만들었구나.

"안 드세요? 진짜 엄청 맛있어요."

잠시 먹는 것도 잊어버리고 가만히 있었나 보다. 맛있다며 다시 애플파이를 베어 물었다. 나나호시는 게 눈 감추듯 먹어 치웠다.

오랜만에 타인과 맛있다는 말을 주고받으며 음식을 먹었다.

"이렇게 애플파이를 나눠주는 이웃이 있는 걸 보면 여기는 살기 좋은 동네 같아요."

"이 동네에서 우리 집은 '저주받은 집', '불길한 집'으로 통하고, 나는 '마귀할멈'이라고 불리는데?"

"'불길한 집'이라니까, 저는 오히려 더 재미있는데요?"

두 사람은 마주 보고 웃었다.

애플파이가 담겨 있던 접시를 깨끗이 비웠다.

나나호시가 "애플파이를 먹게 해주신 답례로, 아라가키 씨가 제일 좋아하는 음식이 뭔지 한번 맞혀볼까요?"라고 뜬금없는 소리를 하면서 어설프게 손을 놀렸다.

"제가 미리 사진을 찍어뒀죠."

난데없이 무슨 소리인가 싶어 어색하게 웃으며 지켜보고 있자니 나나호시가 스마트폰을 꺼냈다. 이래저래 조작하다가 손으로 가렸다.

장단이나 맞춰줘야겠다 싶어서 돋보기를 꺼내 썼다.

나나호시는 스마트폰을 어루만지는 시늉을 하다가 셋, 둘, 하나, 하며 손을 뗐다.

아라가키는 가슴이 철렁 내려앉았다.

스마트폰 화면에 푸딩과 레몬파이 사진이 떠 있었다.

아라가키가 제일 좋아하는 음식이었다. 둘 다 오쿠라 호텔에서 파는 거였다.

"아니, 어떻게 알았어? 어째서 이 사진을 갖고 있지? 난 좋아하는 음식이 뭔지 말한 기억이 없는데."

"마술이에요……." 나나호시는 잠시 뜸을 들이다가 싱겁게 웃었다. "농담이에요, 전에 누가 사 오셨거든요. 누군지 아시겠어요?"

정신이 번쩍 들었다.

"맞아요, 묘진 씨와 와타베 씨예요. 두 분이 이 테이프를 만들려고 장소까지 빌려서 녹음했는데, 안타깝게도 음질이 영 별로라 굉장히 실망하셨거든요. 그때 그 얘기를 들은 저희 사장님이 '집에 피아노가 있는데, 괜찮으시면 쓰세요'라는 거예요. 늘 지쳐 보이는 안경 쓴 아저씨 같은 사장님네 집에 방음실과 근사한 피아노까지 있어서 다들 얼마나 놀랐다고요. 특히 와타베 씨는 '어머나, 스타인웨이 피아노야' 하시면서 엄청나게 기뻐하셨어요. 그런 사정이 있어서, 외람되게도 반주는 사장님이 맡았어요. 그날 묘진 씨와 와타베 씨가 감사의 표시로 이 푸딩과 파이 두 개씩을 저희한테 주셨죠. 줄 사람이 있어서 사신 것 같아 안 받으려고 했는데, 꼭 받아달라고 하시길래…… 너무 고급스럽고 맛있어 보여서 사진을 찍어뒀어요."

"그게 언제였는지 기억나?"

나나호시가 말한 날짜는 역시 그때쯤이었다. 두 사람이 소곤대면서 외출하고 혼자 집에 남아 있던 날.

원래는 셋이 먹으려고 세 개씩 샀을 테니, 셋에서 둘을 빼면 하나가 남는다.

"근데 저는 테이프를 듣고 자란 세대가 아니어서 깜짝 놀랐는데, 이 테이프는 뒷면이란 것도 있더라고요. 진짜 충격이었어요. 아날로그 느낌이 참 좋네요."

나나호시가 찰칵 버튼을 누르자 테이프가 돌아가기 시작했다.

숨을 깊이 들이마시는 소리가 났다.

—생일 축하해! 유코.

덴코와 가나, 두 사람의 목소리였다. 박수 소리도 들렸다.

—설마 훌쩍훌쩍 울고 있는 건 아니지?

—혹시 방금 일어난 거야? 유코는 느림보니까. 항상 맨 나중에 일어나서는 옷도 세월아 네월아 갈아입잖아.

—여행 갈 때 지각한 적도 있었지?

—맞다, 그랬지.

웃음소리가 흘러나왔다.

—우리 셋이 노래 불렀을 때가 생각나. 더할 나위 없이 맑은 네 목소리는 하늘이 내려준 선물 같았어.

—우리 셋 중에 유코가 노래를 제일 잘 불렀잖아. 그냥 잘하는 게 아니라, 세 사람의 목소리를 하나로 만드는 힘이 있었어. 유코가 없으면 '최강의 트리오'는 불가능하다니까.

—이제 와서 생각해 보면, 살면서 제일 눈부셨던 시간은 공원에서 너랑 같이 노래할 때였어.

—나도 그래. 그때 우리는 진짜 최고였어. 유코가 나한테 최고의 추억을 선사해 줬어. 내 인생에서 가장 귀한 선물이었어.

—고마워, 유코.

—유코는 느림보니까, 현세에서 느긋하게 즐기다가 천천히 이쪽으로 와.

—또 보자!

두 사람의 목소리가 겹쳤다.

방 안에는 또다시 정적이 찾아왔다.

나나호시가 테이프를 멈췄다.

아라가키는 오늘이 자기 생일이라는 사실을 지금에야 알았다.

매년 세 사람의 생일날이면 가나가 정성을 다해 직접 케이크를 만들어 주었다. 덴코는 아끼는 와인을 꺼냈다. 그런 다음, 세 사람이 제일 좋아하는 그 노래를 불렀다.

외로움을 많이 타는 친구가 혼자 남더라도 외롭지 않기를 바라며.

다시 한번 셋이 노래하는 날이 오기를 바라며.

아라가키는 테이프를 가슴에 꼭 끌어안고 어깨를 웅크렸다.

무심코 고개를 들자 벌써 해가 뉘엿뉘엿 넘어가고 있었다. 나나호시는 다정한 눈빛으로 조용히 지켜보았다.

"아. 이거 아까 몰래 찍었는데, 보실래요?" 하며 나나호시가 스마트폰으로 동영상을 보여주었다.

노래하는 아라가키를 찍은 영상이었다.

자신이 노래하는 모습을 보려니 민망하고 쑥스러웠다. 혼자 노래하는 자기 모습이 화면 한복판에 비쳤지만, 왠지 화면 밖에 덴코와 가나가 있는 것 같은 느낌이 들었다.

아니, 틀림없이 있다.

나나호시가 "스마트폰만 있으면 언제든지 이 영상을 쉽게 볼 수 있어요" 하고 말했다. "아라가키 씨, 괜찮으면 같이 사러 가지 않으실래요?"

"어어, 지금?"

"당연히 지금이죠."

나나호시가 장난꾸러기 어린아이처럼 생긋 웃었다.

집 밖에 나가니 갓길에 소형 오토바이가 서 있었다. 나나호시가 타고 온 모양이었다. 일단 둘이 함께 역 쪽으로 걸어갔다. 핸드폰 가게에 들어가자 나나호시와 점원이 어떤 기종이 쓰기 편한지 머리를 맞대고 같이 고민해 주었다.

이렇게 작고 얇은 기계에서 영상이 휙휙 바뀌고 음악이 나온다는 사실이 신통방통했다.

"그나저나 이렇게 어려워 보이는 물건을 내가 제대로 쓸 수나 있을지……" 하고 말을 꺼내자마자 나나호시가 간판을 가리켰다. '컴퓨터 및 스마트폰 교실'이라는 교습소가 보였다. 교실 안을 들여다보니 나이가 엇비슷한 노인들이 앉아 있었다. 하다가 막힐 때면 강사를 불러 이것저것 물어보는 것 같았다. 그 모습을 보니 자신도 쓸 수 있겠다는 자신감이 생겼다.

나나호시가 아까 촬영한 영상을 새 스마트폰에 넣어주었다. "여기 삼각형만 누르면 언제든지 볼 수 있어요." 글자 크기도 제일 크게 조절해서 보기 편하게 설정했다.

붉은 석양이 깔리는 길을 나나호시와 함께 걸었다. 생각해 보니, 오늘은 참 놀라운 날이었다. 생일날 중에 제일 놀라운 날일지도 모르겠다. 낯선 배달원에, 수상한 택배. 이제는 이 세상에 없는 소중한 사람에게 받은, 값을 매길 수 없는 최고의 선물까지.

나나호시는 모자를 벗고 짐칸에서 방한구를 꺼내 입었다. 오토바이에 올라타 헬멧을 썼다.

오토바이 짐칸에는 '천국택배'라는 큼지막한 글자와 회사 로고로 보이는 흰색 날개 한 쌍이 새겨져 있었다.

"이만 가보겠습니다!" 우렁차게 인사한 다음, 헬멧 실드를 내리고 시동을 걸었다. 작게 말해서 못 들은 걸까. 나나호시가 "네? 뭐라고요?"라며 두어 번 묻다가 쓰고 있던 헬멧을 다시 벗었다.

"……고맙다고! 했어!" 하며 눈을 피하자 나나호시가 싱긋 웃으며 엄지를 치켜세웠다. "생일, 축하드립니다." 얼떨결에 아라가키도 나나호시처럼 엄지를 세워 보였다.

요란한 엔진 소리를 울리며 나나호시가 떠나고 나자 주변이 다시 고요해졌다. 오늘 일어났던 일이 정말 현실이었을까, 기억을 더듬어 보니 정신이 아득해지면서 기분이 묘했다.

그렇지만 아까 노래를 부르며 뜨거워졌던 감정만은 그대로 남아 있었다.

그 후 큰마음 먹고 청소업체를 불러 집 안에 있던 쓰레기를 싹 다 처리하고 대청소와 마당 손질까지 부탁했다. 잡초를 제거하자 지금껏 흔적도 안 보였던 화단이 서서히 드러났다. 땅에서 작은 새싹이 파릇파릇 돋아나고 있었다. 셋이 심었던 씨앗이 봄이 되자 일제히 싹을 틔운 것이다. 잡초가 우거지도록 내버려두고 물도 주지 않았건만 참으로 기특하기 짝이 없었다. 살다 보면 죽을 만큼 절박한 상황도 있지만, 그래도 봄은 다시 찾아온다는 것을 절실히 깨달았다.

삐죽삐죽 돋아난 새싹에 비료를 주고 물도 줬다. 집 앞을 지나가던 이웃 사람이 이쪽을 보는 느낌이 들어서 고개를 들자 재빨리 눈을 돌렸다. "안녕하세요" 하고 먼저 인사를 건넸더니 놀란 얼굴로 돌아보면서 "……안녕하세요"라고 대꾸했다.

혼자 사는 집은 휑뎅그렁했다. 돌이켜 생각해 보면, 혼자 남은 집을 보고 있기가 겁나서 무작정 빈자리를 메우려고 했던 것 같았다. 골판지 상자든 쓰레기 더미든 가리지 않고.

이제 이 집은 노래로 채워져 있다. 혼자 부를 때도 있고, 셋이 같이 부를 때도 있다.

스마트폰 교실에 다니면서 아는 사람도 늘었다. 마음이 잘 통하는 사람이 생겨서 가끔 차를 한잔하고 집에 돌아오는 날도 있다. 강사는 질문하면 어떻게 해야 하는지 이해하기 쉽게 조곤조곤 설명해 주었다.

스마트폰이라는 기계가 너무 편리해서 입이 쩍 벌어졌다. 강아지를 부를 때처럼 이름을 부르고 "클래식 음악 틀어줘"라고 하기만 하면 삑 소리와 함께 스피커에서 음악이 나왔다. 〈송어〉를 들려달라고 할 때도 있다. 셋이 불렀던 추억의 노래를 셀 수 없을 만큼 듣고 또 들었다.

셋이 함께 살 때도 스마트폰이 있었으면 얼마나 좋았을까. 살사 같은 라틴 음악을 좋아하는 덴코와 샹송을 좋아하는 가나와 클래식을 좋아하는 내가 쟁탈전을 벌였겠지.

민생위원 오키노 집에도 감사 인사를 하러 갔다. 애플파이가 정말 맛있었어요, 마음 써줘서 고마워요.

"생일 축하드려요…… 지났지만요" 하고 오키노가 웃으며 말했다.

"내 생일인 거 어떻게 알았어요?" 하고 물었다. 어리둥절했다.

"동네 사람들이 저기 빨간 지붕 집에 사는 세 사람은 사이가 참 좋다고, 생일 축하 노래도 화음을 넣어 멋지게 부른다고 이야기하는 걸 들어서, 혹시나 싶었어요. 다들 댁에서 즐거운 노랫소리가 안 들려서 걱정했거든요. 귀를 바짝 세우고 듣던 팬도 많았어요."

금시초문이었다. 이웃들은 자신을 걸림돌로 여기고 빨리 사라지기만 바랄 거라고 철석같이 믿고 있었다.

오키노가 "마음이 내키면 노래 모임에도 한번 나오세요"라고 했다. 고맙다고 인사하고 발길을 돌리려는데, 그가 "그나저나 어쩌다 마음이 바뀌셨어요?" 하고 물었다.

그러자 회색 유니폼과 눈이 크고 엉뚱했던 여자애가 떠올랐다.

"택배가 왔거든요. 천국에서."

오키노는 농담으로 받아들였는지 "그것참 잘됐네요" 하며 고개를 끄덕끄덕했다.

천국택배에서 왔다던 호리호리한 젊은이가 생각났다.

유니폼에는 새하얀 날개 마크가 붙어 있었다. 나나호시라던 그 아이가 오늘은 누구에게 어떤 마지막 선물을 배달하고 있을까. 오늘도 짧은 머리에 모자를 눌러쓰고 어느 집 초인종을 누르고 있겠지.

틀림없이 그럴 것이다.

오늘을 살아가는 누군가를 위해.

제2화

오셀로의 여왕

스미이 후미카는 세계사 수업을 들으며 노트에 수업 내용을 받아 적었다.

—'인간은 자유롭고 평등한 권리를 가지고 태어났다.' 인권 선언. 프랑스 국민의회에서 가결. 1789년.

펜으로 연도에 색을 칠하며 머릿속에 새겨 넣고 싶은 마음은 굴뚝같은데, 인권 선언은 후미카의 의식에서 흐물흐물 녹아내렸다. 태어날 때부터 자유롭고 평등하다면 얼마나 좋을까.

후미카가 다니는 학원은 집에서 자전거로 한 시간 남짓 걸릴 만큼 멀리 떨어져 있다. 여기에 살아 있는 강사는 없다. 도시에서 진행하는 수업을 원격 방송으로 내보내고 있을 뿐이다. 텔레비전 모니터 속 평면 강사가 진행하는 평면 수업을 칸막이로 나눠진 책상 한쪽에서 보고 있었다. 강의실 밖을 지나가는 시끄러운 학생들 때문에 강사의 목소리가 잘 안 들릴 때도 있지만 일일이 나가서 잔소리하기도 귀찮아 소리를 키웠다.

내가 만약 도시에서 태어났더라면.

후미카는 같은 생각을 수천 번 반복했다.

후미카의 집은 시골이다. 밥맛 좋고, 채소도 맛있고, 물과 공기도 깨끗하고, 집도 넓다. 축복받은 환경이라 생각하고 고향 자체는 마음에 든다. 끝없이 펼쳐진 논의 벼 포기가 바람에 물결치는 길을 자전거로 달릴 때나 차가운 개울물에 담가뒀던 채소를 소금에 찍어 아싹 베어 물면 천국이 따로 없었다. 새빨간 고추잠자리 떼가 파란 하늘을 날아다니는 모습은 그야말로 장관이다. 그러나…….

자기가 태어나고 자란 마을을 멍하니 떠올리고 있자니 불현듯 "한번 해봐"라는 목소리가 후미카의 머릿속에 메아리쳤다.

친조모 야에의 목소리였다. 야에의 "한번 해봐"는 지켜볼 테니 잘 해봐, 열심히 해봐, 라는 응원의 말이 아니었다. "할 수 있으면 어디 한번 해봐. 너 따위가 뭘 할 수 있다고"라고 할 때의 "한번 해봐"였다. 야에는 항상 그렇게 말했다. 후미카가 도와주려고 나설 때도, 첫 도전을 시도할 때도 "한번 해봐"라고 했다. 제대로 못 하는 후미카를 향해 흥 하고 콧방귀를 뀔 때면 마치 "그럴 줄 알았어. 아무것도 못 하는 주제에 건방지긴"이라고 말하는 것만 같았다.

한번 해볼 거야. 후미카는 머릿속을 떠다니는 야에의 목소리를 지우고 색깔 펜을 꽉 거머쥐었다.

정신을 차리니 어느새 화면 속 수업이 끝나 있었다.

후미카는 큼지막한 단어장으로 만든 연표 카드를 만지작거렸다. 세계사가 선택 과목이지만, 일본사 기초 지식도 필요해서 대강 훑어보려고 만든 카드였다. 연표 카드에 적힌 글자를 눈으로 따라가던 사이, 후미카의 의식은 또다시 저절로 시험공부와 멀어졌다. 후미카의 인생을 송두리째 바꾸는 계기를 만들어 준 소중한 사람과 그 사람을 만났던 순간이 되살아났다.

이시미쓰 아카네는 3년 전, 후미카가 중학교 2학년이었던 해에 도쿄에서 이 마을로 이사 온 새색시의 이름이다. 할머니와 부모님을 비롯해 마을 어른들은 앞서 시내에서 열린 피로연에 초대되어 갔다 왔지만, 아직 중학생이었던 후미카는 그 자리에 불러주지 않아서 아카네에 관한 정보가 전혀 없었다.

그런 까닭에 길에서 아카네를 처음 봤을 때는 눈이 휘둥그레졌다. 이 근방에서 그런 차림으로 다니는 사람은 처음 보았다. 특이한 모양의 소매가 달린 새하얀 블라우스와 다림질해서 줄이 곧게 선 바지. 그 아래 샛노란 펌프스가 시야에 들어온 순간 숨이 멎을 만큼 놀랐다. 여기서는 한껏 멋을 부릴 때도 검은색이나 갈색 펌프스만 신었다. 레몬처럼 샛노란 색. 뾰족한 뒤축. 거기다 진홍색 구두창이라니. 걸음을 옮길 때마다 진홍색 구두창이 슬쩍슬쩍 드러나는 절묘한 배색에도 충격을 받았다. 후미카는 예의가 아니란 걸 알면서도 바보처럼 입을 반쯤 벌리고 아카네의 걸음걸이를 빤히 보았다.

아카네와 눈이 마주치고 나서야 핫, 하고 정신을 차렸다. 황급히 입을 다물었다.

"아, 죄송해요. 저도 모르게……"라며 횡설수설 사과했다. "아, 저기, 저는 스미이 후미카라고 해요. 그 신발이 너무 예뻐서…… 아니, 신발뿐 아니라 전부! 머리부터 발끝까지 안 예쁜 데가 없어서 좀 놀랐거든요. 죄송합니다!" 하며 거듭 머리를 숙였다. 다시 고개를 들었을 때 눈에 들어온 꽃 모양 보석 귀걸이와 이름은 몰라도 엄청나게 비싸

보이는 네모난 가방과 그것들을 걸치고 서 있는 아카네까지 하나같이 세련미가 넘쳐 보였다. 꼭 텔레비전에 나오는 사람 같았다.

아카네가 웃으며 "이시미쓰 아카네예요. 잘 부탁합니다"라고 말을 받았다.

그렇게 아카네를 처음 만났다.

이시미쓰 가의 장남은 고등학교 때 상경한 이후 쭉 도쿄에서 지내며 취직까지 했는데, 이번에 다시 고향으로 돌아오게 되었다. 때마침 아카네와 식을 올리고 같이 내려온 것이다. 아카네는 도쿄에서 미대를 나와 미술 관련 일을 하는데, 놀랍게도 온라인으로도 일을 할 수 있다고 했다. 미술 잡지에 기사도 기고하는 듯했다.

온라인으로 할 수 있는 일! 미대! "누가 화요일에 미용실에 갔다더라" 같은 시답잖은 소문도 시속 15킬로미터로 퍼지는 이 마을에서 도쿄에서 온 이 여자를 둘러싼 소문은 빛보다 빠르게 퍼져나갔다. 이웃에 농작물을 나눠주러 갔다가 잠깐 서서 이야기를 나눌 때도 이시미쓰 가의 며느리에 관한 소문은 빠지지 않았다.

후미카는 강의실에 혼자 남아 일본사 카드를 획획 넘겼

지만, 그 손놀림은 완전 건성이었다.

　—페리 제독이 미합중국 해군 동인도 함대의 흑선을 이끌고 우라가항에 도착. 1853년. [+]

　그랬다. 아카네는 이 마을에 출몰한 흑선이나 마찬가지였다.

　아카네는 지금도 1년에 일고여덟 번은 해외 출장을 갔다. 입만 열면 외국에 두 번 가봤다고 자랑하던 누군가의 입을 꿰매버릴 수 있는 진짜 강자였다. 툭하면 자기가 패션 리더인 양 브랜드 가방을 과시하던 누군가는 이제 부끄러워서 그 브랜드 이름을 입에 올리지도 못한다.

　이시미쓰 가의 별채에 가서 야에가 주도하는 모임에 관해 알려줄 사람이 필요하다는 말에 후미카는 "저요! 저요! 제가 할게요!" 하며 자진해서 나섰다. 아카네가 집에서 어떤 옷을 입고 있는지, 어떻게 사는지 궁금했다. 호기심에 눈동자가 반짝였다. 자전거를 타고 갈지 고민하다가 걸어가기로 했다.

　얼마 전 모종을 심은 드넓은 들판에 시선을 보내며 걷

[+]　페리 제독의 흑선은 당시 일본 사회에 서구 문물의 상징과 같은 존재로 인식되었다.

고 있자니 용수로에서 헤엄치는 작은 물고기 떼가 눈에 들어왔다. 파란 하늘에 떠 있는 구름이 물 위에 선명하게 비치는 모습이 무척 예뻤다. 차갑고 투명한 물속을 헤엄치는 물고기 떼가 마치 하늘을 나는 것처럼 보였다.

한참 걷다 보니 이윽고 이시미쓰 가가 눈에 들어왔다. 대대로 이어온 부농답게 언제 봐도 위풍당당하고 고풍스러운 멋이 나는 전통 가옥이다. 부지가 넓어서 장남을 위해 근사한 별채를 새로 지었고, 지금은 거기서 장남 부부가 살고 있다고 했다. 안채와 약간 떨어져 있는 신축 건물이 별채구나 짐작할 수 있었다.

이 마을 사람들은 남의 집을 방문하면 대문을 열고 이름을 부르며 마음대로 집 안에 들어갔고, 안에 아무도 없으면 문지방에 걸터앉아 집주인이 올 때까지 기다렸다. 어느 집이나 문 앞에 보온병과 찻잔이 놓여 있어서 차를 얻어 마시는 게 당연한데, 이시미쓰 가의 별채 현관에는 인터폰뿐만 아니라 '작업 중일 때도 있으니 벨을 눌러주세요'라고 깔끔하게 쓴 푯말까지 붙어 있었다.

후미카는 부쩍 긴장한 채로 딩동, 하고 벨을 눌렀다.

"네" 하는 목소리가 들렸다.

"저기, 일하시는데 죄송해요. 스미이 후미카예요. 모임이 있어서 알려드리려고……"까지 말하자 "잠깐만 기다리세요"라는 대답이 들리더니 아카네가 현관으로 나왔다.

"안녕하세요."

아카네는 봉제 인형처럼 폭신폭신하고 부드러워 보이는 겉옷을 걸치고 있었다. 머리를 높이 틀어 올려 올림머리를 했는데, 너무 꽉 묶지 않아서 더 예뻐 보였다. 집에서는 누구나 트레이닝복처럼 편안한 차림으로 있는 줄 알았기에, 집에서도 예쁘게 차려입고 있는 아카네를 보고는 속으로 탄성을 질렀다.

"모임이 있어서 연락하러 왔어요."

"모임? 반상회 같은 거?"

후미카는 그 모임에 관해 짤막하게 설명했다. 일주일에 한 번씩 여자들만 모이는 자리다. 저녁때 만나 차를 마시고 수다를 떨며 친목을 도모한다. 특별한 주제는 없다.

"어머, 미안. 난 그때 외국인과 온라인 취재가 있어서. 시차 때문에 그 시간에 하게 됐거든" 하고 미안해하며 거절했다.

후미카는 "아뇨, 괜찮아요. 딱히 뭐 중요한 일을 결정하는 자리도 아니니까……"라고 대답하면서도 다른 데 정신이 팔려 있었다. 세계를 무대로 일한다는 말을 들어본 적은 있지만, 아카네야말로 진짜 전 세계 예술가들을 상대로 일하는 사람이 아닌가.

그날 이후 아카네도 조금씩 마음을 터놓기 시작했다. 나중에 들은 말에 따르면, 벨을 누른 사람은 후미카가 유일했고 "왜 문을 걸어 잠그는 거냐?"라며 투덜대는 사람도 있었다고 한다.

후미카는 "괜찮으면 이번 일요일에 우리 집에서 차 한잔할래?"라는 말을 듣고 너무 기쁜 나머지 스미이 집안의 보물이나 다름없는 15년 묵은 매실장아찌를 몰래 빼내 들고 찾아갔다.

집 안에 들어서자 마룻바닥이 깔린 실내에는 신기한 장식이 달린 샹들리에와 독특한 유선형 의자가 있고, 벽에는 멋진 그림이 걸려 있었다. 안쪽에는 작업실로 쓰는 아틀리에도 딸려 있었다.

"먹어봐" 하며 소다와 케이크를 올린 귀여운 나무 쟁반을 내밀었다. 세련된 무광택 유리잔이 기포를 빠글빠글 뿜어냈다.

후미카는 섬세한 불투명 유리잔 너머로 올라오는 거품과 빨간색 시럽이 만들어 낸 그러데이션을 넋을 잃고 바라보았다. 크랜베리 소다라는 처음 보는 음료수와 그 위에 살짝 올려놓은 슬라이스 레몬. 말린 과일이 잔뜩 든 파운드케이크까지. 소다와 시럽은 수입 식품 판매점에 따로 주문했고, 케이크는 도쿄 오모테산도에 있는 가게에서 파는 걸 냉동 택배로 받았다고 했다.

오모테산도.

드라마에서 본 적이 있었다. 휘황찬란한 가게들이 즐비해 있는 곳이었다. 후미카에게 오모테산도는 '할리우드'나 '라스베이거스'와 동격으로, 이름은 들어봤지만 직접 간다는 건 꿈도 꿀 수 없는 땅이었다.

아카네도 시골 생활이 몹시 따분했는지 후미카에게 이런저런 얘기를 해주었다. 직업상 영어도 능숙해서 영어 수업 시간에 이해가 안 되던 부분을 물어보면 술술 답해주었다. 이십 대 후반과 중학생, 나이 차이는 꽤 나지만 어느샌가 두 사람은 허물없는 친구 사이가 되었다.

후미카는 아직 집에 가기 싫어서 학원 강의실에 남아 있었지만, 일본사 카드 내용은 머리에 하나도 들어오지 않았다. 아카네와의 추억만 아련히 떠올랐다.

—나마무기 사건, 사무라이들이 시마즈 히사미쓰의 행렬에 난입했던 말 탄 영국인들을 살해한 사건. 1862년.

집단의 화합을 해치는 존재가 나타났을 때, 그 대상을 배제하려는 움직임은 예나 지금이나 별반 다르지 않았다.

아카네가 온라인 인터뷰 때문에 모임에 참석하지 못한다는 소리를 듣고 격노한 사람은 다름 아닌 모임을 이끄는 후미카의 할머니 야에였다.

올해 여든을 맞이하는 야에는 다른 지역 사람이 들으면 한마디도 알아듣지 못할 사투리로 "그런 시답잖은 일로 모임에 얼굴도 안 비추겠다니, 얼어 죽을. 여기서 모임에 안 나오고도 살 수 있는지, 한번 해보라지!"라며 사납게 아카네를 비난했다.

야에는 기가 세고 억척스러웠다. 그런 성격으로 여자 집단을 오랫동안 좌지우지해 왔다. 마을에 새로 이사 온 사람은 누구나 야에의 비위를 맞추기 위해 첫 만남에서 작은 선물을 건네고 납작 엎드려야 한다는 불문율이 있을 정도였다. 여행을 갔다 오면 야에가 좋아할 만한 기념품을 들고 찾아왔다. 야에는 "여행 같은 걸 왜 가는지 모르겠다니까"라고 하면서도 선물을 빠뜨리면 금방 언짢아했다. 야에의 눈 밖에 나면 마을 여자들에게도 제대로 찍혔다. 미운털이 박히는 건 시간문제였다. 야에는 손녀인 후미카에게도 웃는 얼굴을 좀처럼 보여주지 않을 정도로 엄했다.

후미카는 아카네를 대신해서 필사적으로 변명했다.

"할머니, 온라인 취재라는 건 영상 통화처럼 외국에 사는 예술가나 화가들과 대화하는 거야. 근데 시차가 있으니까 어쩔 수 없나 봐. 아카네 언니도 맘대로 땡땡이칠 수는 없잖아. 잡지 기자니까. 이제 알겠지?"

그래도 제대로 이해가 안 되는지 며느리를 상대로 "하여간 요즘 젊은것들은", "내가 젊었을 때는", "말세다, 말세야"라며 아카네에게 폭언을 퍼부었다. 엄마는 시어머니의 불똥이 딴 데로 튀었다는 사실에 내심 마음이 놓였는지 차를 홀짝이며 네네, 그렇죠, 하며 기계처럼 장단만 맞추었다. 시어머니와 남편을 신처럼 떠받드는 사람인지라 후미카는 철이 들 무렵부터 엄마가 두 사람을 거역하는 모습을 본 적이 없었다. 이 마을에서 별 탈 없이 살아가기 위한 엄마 나름의 처세술인지도 모르지만, 1과 0으로만 프로그래밍 된 로봇 같다는 생각이 들기도 했다. 엄마는 자기 의지라는 게 없는 걸까.

"그 집에 들락거리지 마. 엄마가 할머니한테 잔소리 들어"라고 당부해 봤자 애당초 후미카는 들을 마음이 없었다. 풍파를 일으키지 않고 생글생글 웃으며 지내는 게 이 마을에서 살아남는 엄마만의 방식이라 할지라도 자신도 똑같이 휩쓸리듯 살기는 싫었다.

후미카 안에 새로운 가치관이 자리 잡기 시작했다.

아카네는 결혼하고 이 마을로 오기 전에 남편에게 절대로 자기 일에 방해가 되면 안 된다고 조건을 달고 귀향을 수락한 듯했다.

그렇지만 이 마을에는 지켜야 할 관습도 많고, 인간관계도 지나치게 가까웠다.

일단 매주 여자들 모임에서 잡담(이라는 이름을 빙자한 소문 퍼뜨리기)을 나누고, 걸핏하면 남의 집 현관 앞에 모여 수다를 떨고, 이웃집에 뭔가 나눠주러 갔다가도, 다시 답례하러 왔다가도 틈만 나면 시시덕거리기 일쑤였다. 이웃이 상을 당하면 사흘은 일을 쉬고 도와주는 건 기본이고, 마을 축제 기간에는 매일 밤 10시까지 일손을 거들고 술판을 벌였다. 이웃집 제사를 돕는 것도 당연했고, 일손이 부족한 모내기 철과 추수철에도 서로서로 도와주었다.

서로 부대끼며 살아가는 방식을 좋아하는 사람에게는 인정이 넘치고 힘을 모아 부담을 줄이며 살 수 있는 멋진 마을이겠지만, 익숙하지 않은 사람에게는 결코 만만치 않은 곳이다.

아카네는 창작 활동을 하며 느긋하게 살고 싶었는데, 누군가에게 대뜸 "아이는 아직이야? 빨리 아들 낳아야지"라는 말을 듣고 어처구니가 없어서 헛웃음만 나왔다고 했다. 외국에서도 살아본 적이 있어서 아무렇지 않다고는 했지만, 아카네에게 이 마을은 외국과 마찬가지구나 싶어 후미카의 입안에 씁쓸함이 번졌다.

놀랄 일은 아직 끝이 아니었다.

아카네는 중학교도 시험을 보고 들어갔다고 했다. 이 근방에서는 중학교 입시라는 말조차 들어본 적이 없었다. 아카네는 입시를 치르는 중학교가 있는 것도, 중학교 입시를 위해 초등학생 때부터 학원에 다니는 것도 당연하게 말했다. 더 놀라운 건 도쿄에서는 네 명 중 한 명꼴로 중학교 입시를 치른다는 사실이었다.

아카네는 시험을 보고 여자 사립 중고일관교[*]에 들어갔다. 미술 관련 일을 하고 싶어서 미대에 가기 위해 고1 때부터 미술학원에 다니다가 무사히 미대에도 합격했다.

후미카가 사는 이 마을에도 학원에 다니는 초등학생이 아예 없지는 않지만, 아이는 실컷 놀아야 하는데 안됐다는 식으로만 화제에 올랐다. 후미카 역시 아직 어린데 열심히

---

[*] 중학교와 고등학교가 통합된 교육 시스템. 같은 재단의 상급 학교에 별도의 시험을 치르지 않고 진학한다.

공부해야 하는 그 아이가 불쌍하다고 생각했다.

대학에 관해서도 진지하게 생각해 보지 않았던 후미카는 갑자기 조바심을 느꼈다. 남들보다 뒤처진 듯한 기분이 들었다. 자신이 지방에서 태평하게 중학생 시절을 보내는 사이, 같은 나이에 벌써 학원에 다니고 미래를 위해 매일매일 열심히 노력하는 아이들이 있다니. 그것도 네 명 중 한 명이라는 꽤 높은 비율로.

이 마을에선 현縣 밖으로 나가는 사람이 드물었다. 일자리도 한정되어 있어서 관공서 공무원, 교원, 요양보호사 정도가 다였다.

"어떡하지. 하고 싶은 일을 못 찾겠어요."

울음이 터지기 직전처럼 가냘픈 목소리가 불쑥 새어 나왔다. 하고 싶은 일이 하나도 없었다. 막연히 고등학교를 졸업하고 이 지역에서 일하다가 결혼해서 사는 게 행복한 삶이라고 생각했다. 아카네가 오기 전까지는.

"괜찮아, 천천히 찾아보면 되지. 아직 중학생인데, 못 정하는 게 당연한 거야. 나도 중학생 때는 하고 싶은 일 같은 건 전혀 없었어"라고 아카네가 위로했지만, 후미카는 여기서 사는 한 우물 안 개구리나 다름없다는 사실을 깨닫고 말았다.

비록 출발은 늦었어도 후미카는 중2 때부터 죽어라 공부했다. 시험을 봐서 이 근방에서 대학 진학률이 제일 높은 고등학교에 합격했을 때는 야에도 자기 일처럼 기뻐했다. "역시 우리 스미이 집안 핏줄이 맞구나. 조상님의 피가 흘러"라며 마치 자신의 공인 양 자랑스러워했다. 지방 공무원 시험에도 척 붙을 거라며 들떠서 말했다. 이 일대에서는 이 지역에 취직하고 같은 지역 사람과 결혼해서 본가 근처에 사는 사람을 최고의 효자, 효녀로 여겼다. 그렇게만 되면 부모들은 어깨에 힘을 주고 살 수 있었다.

아카네는 장기 출장을 가는 날이 늘어나더니 언제부턴가 마을로 돌아오지 않았다. 결국 이혼했구나, 라며 마을 사람들은 제멋대로 입방아를 찧고 떠들었다.

도망쳤군. 내 그럴 줄 알았어, 그렇게 막돼먹은 여자가 잘도 견디겠다 싶었다니까, 2년이면 오래 버텼어, 수군거리는 소리를 들으며 야에도 덩달아 낄낄 웃었다.

아카네는 도망치지 않았다. 후미카는 그렇게 생각했다. 길에서 만나면 인사도 안 받고 다들 무시하고 어린애처럼 유치하게 구니까 떠난 거다. 버려진 건 이 마을이다.

아카네와는 서로 연락처를 주고받았지만, 고등학교 생활이 시작되어 정신없이 바쁘기도 하고 꼬치꼬치 캐묻는 것도 안 좋겠다는 생각에 점점 멀어졌다. 그렇지만 마지막으로 받은 편지는 지금도 소중히 간직하고 있었다.

'지금 알려주는 주소는 앞으로도 계속 사용할 거니까, 혹시 무슨 일이 생겨서 전화번호가 바뀌더라도 연락이 끊기는 일은 없을 거야. 도쿄에 오면 같이 오모테산도에 가자. 망설이지 말고 언제든지 연락해. 우리가 함께 보낸 시간은 정말 즐거웠어. 고마워.'

그 편지에는 아직 성이 바뀌지 않은 이시미쓰 아카네라는 이름이 적혀 있었다.✦

후미카는 결심했다. 기필코 도쿄로 간다. 도쿄에서 대학 시절을 보낸다.

하고 싶은 일이라고는 아카네와 오모테산도를 누비는 것밖에 떠오르지 않았지만, 그것도 엄연한 하나의 목표였다. 가슴에 시동이 걸린 것처럼 의욕이 활활 불타올랐다.

아카네 덕분에 영어는 제일 잘하는 과목이었다. 아카네가 다녔던 미대는 어렵더라도 외국어대학에 들어갈 수 있다면 얼마나 좋을까.

✦ 일본에서 여자는 보통 결혼하면 남편의 성을 따르다가 이혼하면 다시 예전 성으로 돌아간다.

그래서 아카네처럼 외국어로 일할 수 있게 된다면 세상이 훨씬 더 넓어지지 않을까. 나도 여러 나라 사람들과 대화하고 함께 일할 수 있을지도 몰라.

열심히 노력한 보람이 있어서 2학년에 올라갈 때는 성적이 좋은 사람만 들어가는 특별반에도 뽑혔다. 이대로 쭉 가면 도쿄로 가겠다는 꿈도 충분히 이룰 수 있을 것 같았다. 경제적으로 넉넉한 가정은 아니지만, 다행히 외동딸인 후미카를 위해 어릴 때부터 결혼 비용을 따로 모아둔 통장이 있었다. 아르바이트를 안 할 수는 없겠지만 도쿄에서 대학 생활을 보내기란 결코 불가능한 일이 아니었다.

어느 날 마음을 굳게 먹고 엄마에게 말했다.

"있잖아, 엄마. 나 말이야, 도쿄에 있는 대학에 가서 영어를 공부하고 싶어."

엄마는 여느 때처럼 무기력하게 "아빠랑 얘기해 봐"라고만 했다.

잠시 후, 맹장지 문 너머에서 쿵쾅거리는 발소리가 들려왔다.

그 소리만으로도 가슴이 터질 것 같았지만 절대 질 수 없었다.

덜커덕 방문이 열렸다. 작업복 차림에 목에는 수건을 두른 아빠가 눈을 부릅뜨고 노려보았다.

"헛짓거리하지 마라."

"뭐가 헛짓거리야……."

"이상한 여자 때문에 허파에 바람 든 건 아는데, 꼭 도쿄에 가야 영어 공부를 할 수 있는 거야? 영어를 가르치는 대학은 집 근처에도 널렸다. 게다가 그놈의 영어는 배워서 얻다 쓰게? 이 근방에 영어 쓰는 외국인은 하나도 없다."

자전거와 버스와 전철을 갈아타고 가는 데만 두 시간 반이 걸릴지언정 본가에서 다닐 수 있는 대학이 아예 없는 건 아니었다. 그렇지만 후미카는 도쿄로 가고 싶었다.

"영어 성적도 계속 오르고 있어. 영어능력 평가시험에서 1급도 땄고. 난 일본 제일의 도시에서 영어를 공부하고 싶어! 영어뿐 아니라 다른 언어도 배우고. 딴 데서는 배울 수 없는 외국어도 도쿄에서는 가능하단 말이야."

부녀간의 대화는 평행선을 달렸다.

등 뒤로 묘한 압박감이 느껴져서 돌아보니 야에가 서 있었다. 팔십 먹은 노인이 이렇게 기백이 넘치다니. 엄마는 슬며시 자리를 양보하고 뒤로 빠졌다.

"스미이 가의 대는 누가 이으라는 거냐. 외동딸로 태어났으니 네 본분을 다해야지."

집 안에 정적이 흘렀다. 의지가 꺾일 것 같아 필사적으로 마음을 다잡았다.

"그치만, 할머니⋯⋯."

"가문을 지키고 자식을 낳는 것 말고 뭘 더 하겠다는 거냐. 집안을 꾸리고 대를 이어가는 게 여자의 행복이다."

다 너를 위해서다. 야에는 그렇게 말했다.

슬슬 중매가 들어오기 시작했다는 말도 처음 들었다. 이 집에 데릴사위로 들어올 사람을 구하려면 십 대 때부터 나서야 한다고 했다.

말도 안 돼.

후미카는 생각했다.

좋아서 외동딸로 태어난 것도 아니고, 좋아서 이 마을에 태어난 것도 아니다.

자신에게는 한마디 말도 없이 다 같이 한통속이 되어 멋대로 기대하고 멋대로 밀어붙이고 있었다. 자신의 의견이 파고들 자리는 없었다.

이 집의 모든 실권은 후미카의 아빠가 아니라 야에가 쥐고 있었다. 야에가 마지못해 받아들이면 길이 열릴 수도 있지만, 고집불통인 그가 생각을 바꾸는 것보다 해가 서쪽에서 뜰 가능성이 더 컸다. 이웃 중에도 멀리 떨어진 대학에 진학해 그대로 직장까지 구하고 마을로 돌아오지 않은 사람이 한 명 있는데, 야에는 입만 열면 불효자도 그런 불효자가 없다며 그 남자를 깎아내렸다.

엄마는 후미카 하나만 낳고 아들을 못 낳았다는 이유로 시어머니에게 평생 타박을 받아왔는지 혼자서 몰래 울고 있던 적도 많았다.

가소롭기 짝이 없었다. 전부 다.

후미카의 인내심이 한계에 이르렀다.

"할머니는 이 집이 그렇게 중요해? 맨날 집, 집, 마을 밖으로는 한 발짝도 나가본 적 없잖아! 세상이 어떻게 돌아가는지 하나도 모르면서!" 말이 끝나기도 전에 누가 따귀를 철썩 후려갈겼다. 오른뺨이 욱신거렸다. 때린 사람은 아빠였다.

눈에 눈물이 그렁그렁했다.

"뭐가 '다 너를 위해서'야! 내가 어떻게 되든 관심도 없으면서! 대체 난 왜 낳은 거야? 대를 이어야 해서 낳은 거야? 정말 제정신이야?"

"이 집이 마음에 안 들면, 한번 해봐." 야에가 여느 때처럼 한마디 했다. 혼자서는 아무것도 못 할 걸 알고 비웃을 때의 "한번 해봐"였다.

"하라면 못 할 줄 알고? 절대 포기 안 해!"라고 내뱉고서 방으로 들어갔다.

이불을 덮어쓰고 엉엉 울었다.

정 안 되면 졸업과 동시에 집을 나가 1년 동안 돈을 벌고 나서 대학에 가는 방법도 있다. 아니지, 도쿄는 집세가 터무니없이 비싸다던데. 물가도 비싸고. 일만 해도 먹고살기 힘들지 몰라. 학비도 모아야 하는데 현실적으로는 생활비도 모자랄 수 있다. 고된 아르바이트를 하면서 지금 성적을 유지할 수 있을까. 장학금을 받을 수 있을지도 불분명하고. 돈 문제로 아카네에게 부담을 줄 수도 없고.

그러고 나서 얼마 후 야에는 농사일을 하다가 넓적다리 골절로 병원에 입원했다. 얼굴만 보면 험한 말이 오갔던 터라 후미카는 야에가 자기 주변에 없다는 사실에 내심 마음이 놓였다. 아빠 엄마가 싫은 소리를 해도 공부는 꾸준히 했다. 공무원 시험에 유리할 거라며 학원은 계속 다니게 해줘서 그나마 다행이었다.

가끔은 강제로 병문안에 끌려갈 때도 있었지만 병실에서까지 지루한 설교를 듣고 싶지는 않아서 "잠깐 화장실 좀 갔다 올게" 하고는 재빨리 빠져나와 병원 복도에서 단어장을 넘겼다.

나쁜 손녀라는 자각이 없지는 않았지만, 야에가 자기 인생의 훼방꾼이라는 생각을 지을 수 없었다.

—이 집이 마음에 안 들면, 한번 해봐.

할 거야. 절대 포기 안 해.

다른 학생들은 모두 집에 갔는지 학원 강사가 문을 잠그러 돌아다녔다. 후미카는 머릿속의 뿌연 안개를 떨쳐낼 기세로 단어장을 탁 덮었다. 집에 가자. 지금 나서도 집에 도착하면 10시가 넘는다. 가로등이 없는 길도 있어서 무섭지만 어쩔 수 없었다.

후미카는 2학년이 된 지금도 도쿄로 가겠다는 꿈을 접지 않고 꾸준히 입시 준비를 계속했다. 모조리 물거품이 될지도 모르는 일에 필사적으로 매달리는 게 정신적으로 얼마나 피곤한 일인지 절감했다.

그러면서도 어느 날 갑자기 아빠가 도쿄행을 허락해 줄지 모른다는 1퍼센트도 안 되는 가능성에 기대고 있다. 그 길밖에 없었다.

입원 중이던 야에의 용태가 합병증 때문에 급변한 게 2주 전이었다. 아빠 엄마는 매일 병원에 가서 할머니 곁을 지켰고, 후미카도 수업이 끝나면 되도록 병원에 들러 얼굴을 비추라고 했다.

야에는 힘이 없는 상태에서도 정신은 또렷해서 후미카만 보면 들으란 듯이 빈정거리고 독한 소리를 했다. 기분이 상한 후미카는 눈도 마주치지 않았다.

말다툼이 벌어졌던 그날 이후 제대로 된 대화 한번 못해보고 야에는 세상을 떠났다. 후미카는 눈물이 한 방울도 나오지 않았다. 장례식에서도 슬픈 표정만 짓고 머릿속으로는 기출 문제를 떠올렸다.

자전거는 어둠을 가르며 앞으로 나아갔다. 할머니가 혼령이 되어 나타난다면 양손을 유령처럼 올리고는 "이 불효막심한 것…… 이 집이…… 마음에 안 들면…… 한번 해 봐……"라고 하겠지.

그렇더라도 고분고분하게 "네, 이 집에 남아 가문을 지킬게요" 같은 말은 절대로 하지 않겠다고 다짐하면서 후미카는 앞쪽의 어둠을 노려보았다.

어둠 속에서 차량 불빛이 번쩍 나타나자 후미카는 눈이 부신 듯 실눈을 떴다. 그대로 갓길에 멈춰 선 차량이 전조등을 깜빡이며 신호를 보냈다. 아빠가 타고 온 소형 트럭이었다. 후미카가 아무리 매몰차게 거부해도 아빠는 어김없이 트럭을 몰고 마중을 나왔다. 그 사실에 괜히 마음이 놓이는 것도, 결국은 자전거를 짐칸에 싣고 차를 타고 돌아가는 것도, 아무리 잘난 척한들 부모님이 없으면 아무것도 못 하는 자신도, 전부 못마땅했다.

고등학교에 입학하고 영어 동아리에 가입했지만 활동은 하지 않고 곧장 집에 돌아갔다. 집에 가서 기출 문제를 하나라도 더 풀고 싶었다. 후미카는 저주라도 걸린 듯 자신을 옴짝달싹 못 하게 만든 사슬에서 벗어날 유일한 열쇠가 공부밖에 없다고 믿었다. 자전거에 올라타고 헬멧을 쓰고 집으로 출발하려던 때였다.

자전거 보관소 울타리 너머에서 '스미이 후미카 님'이라고 쓰인 팻말을 위로 번쩍 쳐들고 있는 여자가 시야에 들어왔다. 언젠가 텔레비전에서 공항에 마중 나간 사람들이 그러고 있는 장면을 본 적이 있었다. 모자와 짧은 머리카락 뒤로 보이는 오토바이. 오토바이 짐칸 트렁크에는 '천국택배'라고 적혀 있었다.

운송업체치고는 특이한 이름이었다. 'heaven'이라고 할 때의 그 천국인가. 예전에 봤던 예문이 생각났다. 'What a heavenly day!(정말 멋진 날이다!)'

뭔가 미심쩍기는 했지만 자기 이름을 그렇게 높이 들

고 있는 걸 보고 그냥 지나칠 수는 없었다. 눈이 마주치자 "아!" 하며 그 사람의 표정이 밝아졌다. 일단 고개를 까딱해 보였다.

하는 수 없이 자전거를 끌고 가까이 다가갔다.

짐칸 트렁크뿐 아니라 입고 있는 유니폼에도 흰색 날개 마크가 붙어 있었다. 처음 보는 회색 유니폼. '나나호시'라는 이름의 명찰.

"안녕하세요. 스미이 후미카 씨 맞나요? 저는 천국택배에서 온 나나호시라고 합니다."

"네에."

"저희 천국택배는 의뢰인이 지정하신 분께 유품을 전달하는 일을 하고 있습니다."

유품? 후미카는 불길한 예감이 들었다.

오토바이를 힐끔 쳐다보니 도쿄 시나가와 번호판이 붙어 있었다.

시나가와라니, 설마.

아카네도 지금 시나가와에 살았다.

유품이라니……. 아니야, 그럴 리가 없어. 아카네는 아직 이십 대 후반이다. 뭔가 잘못됐어도 한참 잘못됐다.

슬픔이 북받쳐서 눈앞이 뿌예졌다.

공부에 인생을 걸고 열심히 노력했던 건 "붙었어요!" 하고 아카네에게 합격 소식을 전하고 싶어서였다. 기어이 해냈다고 우쭐거리며 당당하게 만나러 가고 싶었다.

후미카에게 아카네는 삶의 목표였다.

어째서…….

"여기요" 하며 나나호시가 짐칸에서 상자를 갖고 왔다.

눈물이 걷잡을 수 없이 흘러내렸다.

앞으로 언제든지 아카네를 만날 수 있다고 생각했는데…… 이런 일이 생길 줄 알았으면 미리 연락할걸. 무사히 합격하고 나서 말하려고 고맙다는 인사도 아껴뒀는데. 아카네 언니 덕분에 영어능력 평가시험 1급을 땄어요. 왜 진즉 이렇게 말하지 못했을까.

울음이 터진 후미카를 보고 당황한 나나호시가 "아, 죄송해요, 설명부터 드릴게요" 하며 다급하게 운송장을 보여주었다.

받는 사람에는 정확히 '스미이 후미카 님'이라고 되어 있었다.

그런데 보낸 사람에는 이토야 켄이치로라는 이름이 적혀 있었다.

눈물이 쏙 들어갔다.

그 이름을 여러 번 다시 읽었다.

이토야 켄이치로.

"누구예요?"

한 번 더 확인했다. 아카네가 아니었다.

"어. 죄송한데, 이 사람은 누구예요?"

이토야는 처음 들어보는 성씨였다. 도쿄 가쓰시카구로
시작하는 주소를 봐도 짚이는 바가 없었다. 친척들 이름을
모조리 더듬어 봤지만 '이토야'도 '켄이치로'도 없었다. 학
교 선생님들 이름까지 곰곰이 생각해 봐도 짐작 가는 사람
이 떠오르지 않았다.

그렇지만 받는 사람 칸에는 스미이 후미카라는 이름이
똑똑히 적혀 있었다.

"이토야 씨……? 전혀 모르는 사람이에요. 혹시 이거,
잘못 온 거 아니에요? 받는 사람이 저랑 동명이인이라거
나."

나나호시는 "당연히 어리둥절할 거예요, 이번 유품은 사
정이 좀 있거든요. 괜찮으시면 차라도 한잔해요. 설명할게
요"라며 학교 앞을 두리번거리다가 보이는 거라곤 논밖에
없다는 사실을 확인하더니 잠깐 머뭇머뭇하며 바로 앞에
있는 자판기를 손으로 가리켰다. "그럼, 저쪽으로."

나나호시가 자판기에서 콜라를 뽑아주었다. 근처 버스 정류장 벤치에 걸터앉은 나나호시는 허리에 손을 올린 채 건강 음료를 꿀꺽꿀꺽 마셨다.

학교 밖을 달리는 야구부의 구령 소리가 바람에 실려 귓가를 스쳤다. 브라스 밴드도 연습을 시작한 듯했다.

"사무실은 도쿄에 있어요? 여기까지 오는 데 며칠 걸렸어요?"

나나호시가 "아뇨, 아침 일찍 출발했어요"라고 대답해서 얼떨떨했다. 도쿄에서 여기까지 하루 만에 올 수 있구나……

"익숙하니까요. 의뢰가 들어오면 전국 어디든 갑니다. 의뢰인이 부탁하시면 외국에도 가고요" 하고 덧붙였다. 후미카는 별난 직업도 다 있다고 속으로만 중얼거렸다.

나나호시가 재킷 주머니에서 네모난 꾸러미를 꺼냈다.

"저기. 이거, 괜찮으면 드세요…… 평범한 초콜릿이지만, 도쿄 한정 패키지거든요."

고마운 마음으로 초콜릿을 받았다.

"이번 의뢰는 저희 회사 입장에서도 다소 특이한 케이스인데요, 유품을 의뢰하신 이토야 씨는 아직 살아 계십니다. 의뢰인이 억지로 부탁하셨는데 사정이 사정인지라 거절할 수가 없었습니다."

그나저나 의뢰한 유품이란 뭘까.

"이토야 씨가 어떤 분의 유품을 대신 맡았는데, 그걸 스미이 후미카 씨께 보내고 싶다고 하셨거든요."

"누구 유품인지 아세요?"

"조모님이신 스미이 야에 씨의 유품입니다."

여러 가지 의미에서 놀랐다. 할머니는 농사를 짓느라 이 지역 밖으로 거의 나가본 적이 없었다. 농한기에는 부업으로 과실수를 가꾸거나 묵묵히 볏짚을 엮었다. 그랬던 할머니가 유품 택배라는 거의 알려지지도 않은 서비스를 어떻게 찾았을까. 텔레비전도 안 보고 신문이나 잡지도 안 읽는 사람이었다. 더구나 할머니 지인 중에 도쿄에 사는 사람은 한 명도 없을 텐데. 줄 게 있으면 아빠를 통해서 주면 될 일이지만, 애초에 할머니가 이웃 간의 이해타산을 따지지 않고 남에게 뭔가를 주는 모습은 본 적이 없었다.

이토야라는 사람은 대체 누구일까. 할머니와는 어떤 사이였을까. 유품을 맡았다고 하니 무척 가까운 사이가 분명한데.

어쩌면 이토야라는 사람과 할머니는 정인이었고…… 서로 사랑하는 두 사람을 갈라놓는 바람에…… 이 마을과 도쿄에서 비밀리에 관계를 이어오다가…… 아니야, 바윗돌처럼 강퍅하고 억센 우리 할머니와 그런 로맨스는 도무지 연결이 안 돼. 이 지역 밖에 사는 사람이면 편지나 전화로만 연락했을 텐데, 그런 로맨틱한 연애와 할머니는 아주 멀게만 느껴졌다.

후미카는 도저히 판단이 서지 않았다.

"괜찮으면, 상자를 열어보세요. 안에 든 물건에 관해서도 설명해 드릴게요."

나나호시의 재촉에 후미카는 머뭇거리며 망설이다가 상자를 열었다.

이게 뭐야.

상자 안에는 휴대용 게임기가 들어 있었다. 상태를 보니 새것 같았다. 마이크가 연결된 헤드셋도 있었다. 휴대용 와이파이 기기 같은 것도.

게임기?

"아니, 대체, 이건……." 후미카는 어찌할 바를 몰랐다.

텔레비전도 시시하다고 질색하던 할머니와 게임과 도쿄에 사는 듯한 이토야라는 남자가 하나로 이어지지 않았다. 이게 대체 무슨 일이람.

"이미 게임기에 아이디와 비밀번호가 입력되어 있으니

까, 오늘 집에 가서 이 헤드셋을 쓰고 게임기를 켜보세요. 그러면 모든 게 명확해질 겁니다. 진짜 유품은 게임을 통해 받을 수 있거든요."

게임을 통해 유품을 받는다고? 하, 대체 어쩌라는 거야.

"아. 근데 이 게임기는 어떻게 하죠? 새것 같은데."

"이날을 위해 의뢰인이 준비하신 거니까 마음대로 쓰시면 돼요. 휴대용 와이파이는 빌린 거니까 끝나면 돌려주시고요. 여기, 반송용 운송장이에요. 무료니까 안심하세요."

머리가 이해하기를 거부했다.

야에는 전자제품을 지독하게 싫어해서 며느리가 세탁기로 빨래하는 것조차 탐탁지 않게 여겼다. 밥맛이 떨어진다며 전기밥솥도 못 사게 했다. 지금도 청소할 때는 빗자루와 쓰레받기와 걸레를 쓴다. 특히나 야에는 게임이라면 치를 떨었고, 후미카가 애걸복걸해도 끝까지 사주지 않았다.

"저는 게임을 한 번도 안 해봤어요."

"별로 안 어려우니까 괜찮아요."

혹시 모르는 내용이나 문제가 생기면 이쪽으로 연락해달라며 천국택배 연락처를 알려주었다. 나나호시는 헬멧을 쓰고 "그럼, 실례하겠습니다!"라며 시동을 걸더니 이내 사라졌다.

방금 무슨 일이 있었던 거지?

손안의 수상한 게임기, 낯선 남자, 할머니의 유품.

꿈속에서 맥락 없는 이야기가 전개될 때처럼 이 모든 게 하나로 연결되지 않는 느낌이었다.

이토야는 누굴까. 할머니는 이런 서비스까지 이용하면서 게임을 통해 손녀인 자신에게 뭘 전달하려는 걸까.

어쨌거나 모든 것은 집에 가서 게임기를 켜봐야 알 수 있겠다는 생각에 후미카는 힘차게 자전거 페달을 밟기 시작했다.

후미카는 집에 가서 자기 방으로 들어갔다.

어떤 일이 벌어지더라도 놀라지 않겠다고 마음을 단단히 먹으려고 했지만 잘되지 않았다. 할머니와 비슷한 연배의 할아버지가 이런 게임기를 선택했다는 사실이 아직도 믿기지 않았다. 전쟁이 끝나고 어려운 시기를 함께 보낸 할머니와 옛 연인은 가혹한 운명의 장난으로 지방과 도쿄에서 떨어져 살았다. 그러다가 돌연 게임기를? 손녀에게? 보낸다?

후미카는 아무리 상상의 날개를 펼쳐봤자 해답을 얻을 수 없을 것 같아서 "좋아" 하며 잔뜩 기합을 넣고 휴대용 와이파이와 게임기의 전원을 켰다. 새로운 게임은 아니었다. 후미카도 잘 아는 오셀로 게임*이었다.

헤드셋을 쓰자 스피커에서 경쾌한 음악이 흘러나왔다. 생각보다 훨씬 더 음질이 좋아서 놀랐다.

이제 어쩌지, 이 오셀로를 어쩌라는 걸까. 일단 시작 버튼을 눌렀다. 녹색 바탕에 흰색과 검은색 돌이 교차하는 낯익은 격자판이 눈앞에 펼쳐졌다.

한쪽 구석에 나와 있는 'ken1'은 이름일까. 자기소개에 '오셀로를 사랑하는 ken1입니다! 잘 부탁합니다!'라고 적혀 있었다.

갑자기 빠른 음악으로 바뀌었다. 대결 모드가 시작되는 걸까.

그런데.

"야엣치? 야엣치야? 설마 손녀라던 후미카? 맞아?"

유쾌한 목소리였다. 야에는 할머니 이름이다. 그렇지만 경박하게 '야엣치'라니. 할머니와 아는 사람이라고 해서 나이가 비슷한 할아버지를 상상했는데 상당히 젊은 목소리

---

* 흑백 표리로 된 동그란 말을 가로세로 여덟 줄로 이뤄진 격자판 위에 늘어놓고 상대편의 말을 자기 말 사이에 끼이게 하여 자기 말 색깔로 바꾸어 가면서 승패를 결정하는 게임.

였다. 그리고 가버웠다.

아하. 이토야 켄이치로라서 ken1켄이치✦라는 걸 뒤늦게 알아차렸다.

후미카는 뭐라고 대답해야 할지 몰라 당황했다.

"저기요? 저기, 이거, 소리 켜져 있어요? 내 목소리 들려요? 여보세요? 스미이 후미카예요. 스미이 야에의 손녀예요. 잘 부탁합니다."

"잘 들려. 그럼, 야엣치 손녀니까 네가 백돌 해. 난 흑돌 할게. 나중에 공격하는 쪽이 유리하니까 나부터 할게, 시작"✷ 하더니 ken1이 검은색 돌을 놓았다. 난데없이 온라인에서 오셀로 대결이 펼쳐졌다.

아직도 뭐가 뭔지 몰라 어리둥절한 채로 후미카는 흰색 돌을 놓았다. 검은색 돌 하나가 뒤집어져 흰색이 되었다.

"저기, 죄송하지만. 켄이치 씨? 할머니와는 어떤…….

"야엣치는 나랑 같이 오셀로 하는 친구 사이였는데, 진짜 매일 재미있게 놀았어."

이야기를 정리해 보니 할머니는 치매를 방지한다는 이유로 누군가에게 온라인 오셀로 게임기를 선물 받았고, 이

✦ 일본어로 숫자 1은 '이치'라고 읽는다.
✷ 오셀로에서는 검은색 돌을 선택한 사람이 먼저 공격한다.

경망스러운 켄이치라는 남자와 매일같이 오셀로를 한 모양이었다. 병실에서는 그런 흔적을 전혀 찾아볼 수 없었는데, 누가 병문안을 올 때마다 감췄는지도 모른다.

그건 그렇고, 켄이치의 말투가 텔레비전에서 봤던 호스트나 소위 말하는 여성스러운 남자와 비슷하게 들려서 도쿄는 여러 가지 의미로 대단하구나…… 역시 수도는 다르네…… 하는 생각에 후미카의 눈빛이 아련해졌다. 이렇게 끊임없이 떠드는 사람과는 제대로 대화를 이어갈 자신이 없었다. 할머니는 이런 남자와 잘도 어울렸구나 싶었다. 켄이치의 이미지를 떠올려 보는데, 목소리만 들어서는 아무래도 누워서 게임 중인 것 같았다. 밤늦게까지 술집에서 술을 퍼마시고 대낮에 일어나 침대에 누운 채로 게임이나 하며 부모에게 얹혀사는 백수 이미지가 그려졌다.

다시 유심히 보니, 오른쪽 구석에는 ken1, 왼쪽 구석에는 야에라고 떠 있다. 정말 할머니가 오셀로를 하긴 했나 보네. 무슨 표시인지 몰라도 크기가 다른 별도 몇 개 붙어 있었다.

"야엣치는 하나 있는 손녀 얘기를 자주 했어. 그 손녀가 나랑 나이가 비슷하다고 해서 대화가 무르익었거든. 손녀가 도쿄로 가고 싶어 하는데, 자기는 절대 허락 못 한다고……."

뭐가 '절대 허락 못 한다'야.

할머니가 생판 모르는 남에게 그런 이야기를 했다는 사실에 화가 나서 몸을 부르르 떨었다. 함부로 잡담거리로 삼았다는 사실도 용서할 수 없었지만, 자신에게는 인생이 걸린 중요한 일이 할머니에게는 타인과 게임이나 하면서 간단히 입에 올릴 만한 화제였다는 것도 화가 났다.

흰색 돌들이 한순간에 검은색으로 바뀌었다. 켄이치의 실력은 수준급이었다.

"그래서 내가 말해줬지. 여자는 배울 필요가 없다고 하는 건 아주 구시대적인 발상이라고. 야엣치한테 혹시 다이쇼⁺ 때 태어났냐고 물었더니, 그 정도 나이는 아니라며 어찌나 노발대발하던지."

이 남자는 목소리뿐인 온라인 세계라고 무서울 게 없는 건가.

"아니, 남자고 여자고 살아가려면 누구나 능력이 필요하잖아. 게임하면서 매일 장난 아니게 싸웠어. 그러다가 손녀가 도쿄에 갔다가 돌아오지 않으면 가문을 이어갈 수 없

⁺ 1912년 7월 30일부터 1926년 12월 25일까지를 가리키는 일본의 연호.

지 않냐, 하나밖에 없는 손녀인데 그 꼴은 못 본다고 막 그러는 거야. 그래서 내가 그랬지. 야엣치 집이 그렇게 대단한 명문가냐, 주요 문화재 같은 데 사냐. 집에 석유라도 나오냐고 물었더니, 평범한 시골집이라잖아. 미안하지만 웃겨 죽는 줄 알았어. 평범한 집인데 뭘 이어가냐 낄낄댔더니 불같이 화를 내더라고."

그 순간의 할머니 얼굴이 보고 싶었다. 맞다, 우리 집은 대단한 명문가가 아니다. 물려줄 가보도 없고 왕족의 핏줄도 아니다. 아주 평범할 따름이다.

또다시 검은색 돌이 하나 늘어나고 게임은 계속되었다.

"그래서 야엣치한테 집안을 지키고 살면서 만족스러웠냐고 물어봤어. 야엣치가 다 기어들어 가는 목소리로 그렇다고 대답하길래, 에이, 목소리가 작은데? 하고 놀렸더니 다들 그렇게 사니까 자기도 그렇게 살았다고 소리를 꽥 내지르는 거야. 남들과 같으면 그만이라고 생각하는 건 좀 이상하다고 했더니, 입을 굳게 다물더라고. 야엣치는 정말 하고 싶었던 일이 없었냐고 물었지. 그랬더니."

게임은 지고 있었다. 머릿속이 어지러웠다.

"……자유롭게 영화를 보고 싶었다, 여행도 가고 싶었다, 그러면서 하고 싶었던 일을 줄줄 읊어대더라고."

오셀로 게임을 이어가던 손이 멈췄다.

여행 따위를 왜 가. 영화는 너무 시시해, 라며 쏟아내듯 말하던 할머니의 목소리가 불현듯 되살아났다.

"그럼 손녀도 마찬가지 아닐까? 하고 내가 말했지."

후미카는 게임기 화면을 앞에 두고 그대로 굳어버렸다.

"나도 그래. 지금처럼 몸이 불편하지 않으면 영화도 마음껏 보러 가고 싶고, 여행도 가보고 싶어. 야엣치도 나랑 매한가지잖아, 라고 했더니 야엣치가 게임을 하면서 소리 내어 울더라. 그래도 오셀로는 이겼어, 야엣치가."

켄이치는 깔깔 웃었다.

"난 자취도 하고 싶고, 대학도 가고 싶었어. 차 타고 드라이브 같은 것도 해보고. 몸이 이래서 못 하지만, 앞으로 야엣치 손녀는 야엣치와 내 몫까지 실컷 할 수 있을 거라고…… 어이, 게임하던 사람 어디 갔어?"

급하게 흰색 돌을 놓았다.

방금 켄이치는 '야엣치와 내 몫까지'라고 했다.

가벼운 부상으로 누워 있다면 그렇게 말하진 않는다.

아마도 그럴 것이다. 목소리가 밝아서 처음에는 눈치채지 못했다. 술이 덜 깬 상태로 침대 위에 누워 게임하는 게 아니었다. 어쩌면 게임으로 연결된 목소리의 주인은 병세가 꽤 심각한지도 모른다. 오셀로 게임은 조작하기 쉬우니까, 그래서…….

"야엣치가 손녀는 이제 병문안도 안 온다고 하길래, 안타까운 마음에 뭐라도 해주고 싶었어. 야엣치는 천국택배를 몰랐지만, 난 예전에 알아본 적 있거든. 우린 같이 게임하는 친구니까, 혹시 손녀에게 전하고 싶은 말이 있으면 내가 꼭 전해주겠다고 대신 신청했어. 야엣치 목소리를 녹음해 뒀거든. 그럼, 지금 틀게. 준비됐어? 오케이?"

—후미카.

분명 할머니 목소리였다. 근엄했던 그 시절과 달리 지나치게 약해져 있었다.

—네 이야기에 더 귀를 기울였으면 좋았을걸.

—하고 싶은 일을 하려무나.

—가고 싶은 곳에 가고.

—한번 해봐.

귀에 익은 할머니 목소리였다. 언제나 네가 뭘 할 수 있겠냐고. 할 수 있거든 어디 한번 해보라며 비웃었다. 하지만 지금은 달랐다.

—스미이 가의 핏줄을, 네 힘을, 증명해 봐.

　오셀로 게임은 패배로 끝났다.

　몇 번이고 고맙다고 인사하는 후미카에게 켄이치가 웃으며 말했다. "됐어, 고맙긴 뭘. 야엣치와 대결을 못 해서 심심했거든. 야엣치의 목소리를 전달하고 나니까 나도 홀가분해졌어. 그나저나 할머니는 엄청 센데, 손녀는 너무 약하네? 몰랐겠지만, 야엣치는 오셀로의 여왕이었어. 거기 봐봐, 이름 아래쪽, 그 옆에 보이지? 커다란 별 하나가 100승을 뜻하는 거야."

　다시 보니 야에라는 이름 아래에 커다란 별 두 개와 작은 별이 잔뜩 붙어 있었다. 켄이치에게는 작은 별이 네 개있을 뿐이었다.

　"그럼, 야엣치 손녀! 행복하게 잘 살아!"

　진심을 담아 고맙다고 인사하고 또 뭐라 말할지 머릿속으로 생각하는 사이에 켄이치와 연결이 끊어졌다.

　문득 기억 하나가 밀려왔다. 초등학생 때 툇마루에서 오셀로 판을 꺼내 혼자 흰색과 검은색 돌을 가지고 놀았는데, 딱 한 번 "한번 해봐" 하며 할머니가 같이 어울려 준 적이 있었다. 야단맞을까 봐 겁이 나서 시종일관 벌벌 떠느라 무슨 훈련을 받는 기분이었다. 그때는 큰 차이로 자신이 이겼지만 무서워서 마음껏 기뻐하지도 못했다.

그때 할머니가 일부러 져줬구나. 요령이 부족한 사람인지라 손녀딸과 어떻게 놀아야 할지 몰라서 어정쩡한 태도를 보였을 수도 있다.

얼마 전까지는 할머니, 아빠, 엄마, 후미카까지 네 가족이었지만 예전에는 증조할아버지와 증조할머니, 할머니와 할아버지, 거기다 아빠를 포함해 오 남매가 한집에 살았다. 농사일뿐 아니라 자식을 키우고, 청소와 빨래 등 집안일을 하고, 하루 세끼를 꼬박꼬박 챙겨 먹이면서 할머니 혼자 대가족을 보살폈다. 거기다 내내 건강이 안 좋았던 증조할아버지 병시중도 들어야 했다. 지금처럼 청소기와 식기세척기와 세탁기도 없었고 농사도 손으로 짓던 시절이었다. 하루 종일 자유 시간이 거의 없었으리라.

오셀로 실력이 뛰어났던 걸 보면 앞을 내다보는 통찰력도 있지 않았을까. 농사를 지어 먹고사는 것도 결코 나쁘지 않지만, 만약 다른 시대에 태어나 다른 데서 살았더라면 원하는 대로 자기 인생을 개척하며 살았을지도 모른다.

어쩌면 마을 모임도 할머니 나름대로 지역 주민들과 힘을 합쳐 서로 돕고 자신은 물론 가족과 지역까지 지키고자 했던 방법이었는지도 모른다.

설마, 할머니는 입원하고 나서 처음으로 혼자만의 자유 시간을 얻었던 건 아닐까…….

내가 대체 무슨 소리를 한 건가, 하며 후미카는 자신을 책망했다. 할머니 얼굴을 보고 마지막으로 했던 말은 "할머니는 이 집이 그렇게 중요해? 맨날 집, 집, 마을 밖으로는 한 발짝도 나가본 적 없잖아! 세상이 어떻게 돌아가는지 하나도 모르면서!"였다.

아무것도 모르는 사람은 바로 자신이었다. 진짜 답답한 사람은 자신이었다.

언젠가 수업 시간에 들었던 대로 '인간은 자유롭고 평등한 권리를 가지고 태어났다'라는 말이 일률적으로 적용되지 않고 빠르게 변하는 환경에서, 옳고 그름이 자꾸자꾸 달라지는 상황에서, 할머니는 할머니 나름대로 최선을 다해 자기 인생을 살아냈다.

─하고 싶은 일을 하려무나.

─가고 싶은 곳에 가고.

"할머니……."

후미카는 들릴 듯 말 듯 입술을 달싹거렸다.

천국택배를 통해 아들 부부 앞으로도 야에의 음성 데이

터가 배달됐다. 전부 켄이치가 손을 써준 덕분이다. 야에는 눈을 감는 마지막 순간까지 가족들 앞에서 강인한 모습만 보였지만, 아들과 며느리에게 남긴 음성에서는 도쿄로 가고 싶어 하는 손녀 편을 들어주었다. 얼굴을 보고 직접 말하지는 못했겠지. 그 점이 고지식한 야에다웠다.

후미카는 원하는 대학에 무사히 합격하고 봄부터 도쿄에서 대학 생활을 시작했다. 언제든지 얼굴을 보고 이야기할 수 있게끔 본가에 인터넷도 설치했다.

바닥 솔로 묘를 박박 문질러 청소하고, 풀을 뽑고, 말라버린 꽃을 치우고 새로 사 온 꽃을 바쳤다. 후미카는 양초와 선향에 불을 붙인 다음, 야에가 잠들어 있는 무덤 앞에 서서 합격했다고 알렸다.

대학에선 힘이 닿는 한 열심히 공부할 계획이다. 그러면서 할머니가 지켜온 집과 의지도 소중히 여기기로 했다. 아직은 아무것도 못 하지만, 농업과 영어를 잘 결합하면 뭔가 새로운 일을 할 수 있을지도 모른다는 생각이었다.

선향 연기가 바람에 실려 사라져 갔다.

아카네에게 편지를 보냈더니 곧바로 "축하해!" 하고 전화가 걸려왔다. 어디 가보고 싶은 곳이 있냐고, 약속대로 오모테산도의 카페에 꼭 데려가겠다고, 여러 가지 계획을 세워줘서 벌써부터 기대감이 솟아올랐다. 아카네는 남편과 갈라서지는 않고 별거에 들어갔다. 그러니 언제든지 도쿄의 자기 집에 놀러 오라며 장난스럽게 말했다.

한 사람 더 연락해야 할 사람이 남았다. 이 모든 일은 천국택배에 대리로 의뢰해 준 켄이치 덕분이었다. 꼭 감사 인사를 전하고 싶어서 천국택배의 나나호시에게 연락했더니 그가 "나는 바람이니까 찾지 말아줘"라고 해서 알려줄 수 없다며 미안해했다. 부모님도 운송장에 적혀 있던 주소를 근거로 백방으로 찾아봤지만 끝내 어느 병원의 누구인지 알아내지 못했다.

간직하고 있던 게임기를 다시 꺼내 전원을 켰다.

오셀로 게임을 연결했지만 아무리 기다려도 켄이치는 접속하지 않았다. 자세히 살펴보니 마지막 접속 기록이 두 달 전이라고 나왔다.

지금도 잘 지내겠지. 오셀로 게임에 싫증이 나서 그만둔 것뿐이라고 믿고 싶었지만 뜻대로 되지 않았다. 그렇게 생각하고 싶지는 않지만 어쩌면 켄이치는 이 세상에 없을지도 모른다.

문득 자기소개가 지난번에 봤을 때와 조금 달라졌다는 사실을 알아차렸다.

오셀로의 여왕에게 고한다! 다음에는 야엣치를 꼭 이기고 말

거야! 도전!

후미카는 두 사람이 툇마루에 마주 앉아 오셀로 하는 모

습을 상상했다.

꺄, 야엣치, 완전 장난 아니잖아. 아직 어린애한테 질 수

는 없지. 이런 대화를 나누며 시간 가는 줄 모르고 오셀로

를 두고 있을 두 사람을.

제3화

밤 10시의 숨바꼭질

스포트라이트 같은 조명이 공원 벤치 위로 쏟아지고 있다. 도모야마 유는 지정석처럼 애용하는 벤치에 앉아 편의점 봉지에서 맥주와 닭튀김을 꺼냈다.

맥주 상표에는 얼룩 고양이 그림이 그려져 있다. 매일 편의점에 얼굴도장을 찍다 보니 점원은 말 안 해도 안다는 듯 알아서 젓가락을 챙겨준다. 그 점원이 속으로 자신을 고양이 맥주 아저씨라고 부를지도 모르겠다고 생각했다. 날마다 맥주와 닭튀김, 아니면 맥주와 작은 초밥 한 통을 산다. 찌는 듯 무더운 날이면 맥주와 메밀국수를 사기도 한다. 오늘은 춥지도 덥지도 않은 선선한 9월 말의 저녁인지라 맥주와 풋콩과 닭튀김을 골랐다.

유는 이 공원이 마음에 들었다. 너무 넓지도 좁지도 않고, 시야도 뻥 뚫려 있고, 치안도 나쁘지 않았다.

공원 바로 옆에는 연립 주택 단지가 있다. 커튼 색깔이 달라서인지 집마다 창문이 빨간색, 흰색, 노란색, 하늘색 등 갖가지 색으로 물들어 있었다. 유는 아무 생각 없이 색색의 사각형을 물끄러미 바라보는 시간이 좋았다. 실루엣 같은 게 비칠 때도 있었다. 늘 베란다에서 담배를 피우는 중년 남자의 그림자와 이리저리 정신없이 뛰어다니다가 "그만해!" 하고 야단치는 소리와 함께 멈춰 서는 아이들의 그림자도 보였다. 영화라도 보는 걸까, 어둠 속에서 다채로운 색채가 깜빡거리며 눈이 부시게 빛나는 집도 있었다. 유는 아래에서 위를 올려다보면서 마치 인생의 축소판 같다고 생각했다.

아마도 이 중에는 결혼한 지 얼마 안 돼 신혼의 단꿈에 젖어 있는 가정도 있고, 여러 사정상 지금은 불행에 빠져 있는 가정도 있겠지. 각자 사정은 다를지라도 사각형 불빛이 되어 벽에 나란히 늘어서 있는 건 똑같다고 생각하니 기분이 묘했다.

유가 매번 같은 브랜드의 맥주를 선택하는 건 단순히 맛이 좋아서라는 이유도 있지만, 맥주에 그려진 귀여운지 안 귀여운지 판단이 서지 않는 눈이 땡그란 얼룩 고양이, 그렇지만 다시 보면 역시 귀엽다는 느낌이 드는 그 고양이를 보고 있으면 매번 한 여자아이가 떠오르기 때문이다. 키가 작고 머리를 하나로 묶어 올렸던 그 아이. 특히 웃을 때면 이 얼룩 고양이와 붕어빵처럼 닮았다.

마호.

유가 "찾았다" 하고 외치면 마호는 "아, 들켰네" 하며 환하게 웃었다.

유와 미키다 마호는 초등학교 동창이다. 한 반에서 만나 어떻게 친해졌는지는 기억이 나지 않는다. 아무튼 쉬는 시간이나 방과 후에도 마호와 자주 어울렸다. 마호와는 으레 '숨바꼭질'을 하고 놀았다. 뭐랄까, 숨바꼭질은 유치원생이나 할 법한 이미지여서 초등학교 3학년쯤 되면 다들 꺼리기 때문에 마호가 "숨바꼭질하자"라는 말을 꺼내면 같이 놀던 애들은 하나둘씩 떠나, 결국 끝에 가서는 마호와 유 둘만 남아 숨바꼭질을 했다.

무리도 아니었다. 초등학교 3학년이면 여자애들은 여자애들끼리 어울리는 게 당연해지고 남자애들은 남자애들대로 게임에 관심을 보이기 마련인데, 마호는 무조건 숨바꼭질을 하자고 고집을 부렸다.

어째서 마호는 그토록 숨바꼭질에 매달렸던 걸까.

유가 술래가 되어 "하나, 둘, 셋, 넷……" 하고 서른까지 세고 나면 마호는 그림자도 보이지 않았다. 아무리 찾아도 찾지 못해 유가 단념하고 "못 찾겠다! 꾀꼬리!" 하고 외치면 마호는 놀이기구와 지면의 틈새처럼 어떻게 들어갔을까 싶은 비좁은 곳에서 낙엽이 엄청나게 들러붙은 채로 엉금엉금 기어 나왔다. 숨은 마호를 찾아내지 못한 유가 다시 술래가 되면, 마호는 또다시 흔적을 지우고 사라지고 없었다.

유가 몇 번이나 술래를 하다가 이번에도 "항복!" 하고 외치자 "나 여기 있어" 하는 목소리와 함께 높은 나뭇가지에 도마뱀붙이처럼 딱 달라붙어 있는 마호를 발견했다. 떨어지지 않게 맨발로 나무껍질을 꽉 쥐고 눈에 띄지 않게 절묘한 각도로 몸을 비틀어 나뭇가지와 한 몸이 되어 있었다.

그랬다. 마호는 자타공인 숨바꼭질 도사였다.

마호와 계속 어울리는 사이에 유 역시 숨바꼭질에 관해서라면 어느 정도 내공이 쌓였기에 마호가 아닌 다른 사람과 숨바꼭질할 때는 눈에 보이지 않는 기운 같은 게 느껴졌다. 온도도 아니고, 냄새도 아니고, 여기에 사람이 있다는 기운을 피부로 느낄 수 있었다. 그 느낌을 따라 가까이

가다 보면, 결국 웃음을 터뜨리고 마는 상대를 찾았다. 보통 사람과의 숨바꼭질은 그런 식이었다.

그런데 마호가 숨으면 그런 기운까지 싹 사라졌다. 술래가 된 유가 숫자를 끝까지 세고 눈을 뜬 순간 여기가 어디인지, 자신이 뭘 하려 했는지조차 헷갈릴 지경이었다. '맞다, 숨바꼭질하면서 마호를 찾고 있었지' 하고 정신이 퍼뜩 들어서 주위를 둘러보면 과연 조금 전까지 마호가 여기 있었던 게 맞는지 의심스러울 만큼 아무런 낌새도 남아 있지 않았다.

숨바꼭질하면서 유가 제일 놀랐던 건 서른까지 세고 나서 열심히 마호를 찾았지만 코빼기도 안 보여서 "항복!" 하고 외치기 무섭게, 유가 숫자를 셌던 나무 뒤에서 마호가 얼굴을 쏙 내밀었을 때였다. 거기 있을 줄은 상상도 못 했다. 숨소리도, 낌새도 전혀 없었다. 도술을 부린 것만 같았다.

마호는 "숨바꼭질을 잘하는 비법은 멀리 가서 숨었을 거라고 생각하는 상대의 허점을 노리는 거야"라며 어깨를 으쓱했다.

사정이 그렇다 보니 "찾았다!"보다 "항복!"을 외칠 때가 압도적으로 많은 유는 매번 술래였고 마호는 항상 숨는 쪽이었다.

마호와는 초등학교를 졸업하고 나서도 친하게 지냈는데, 중학생이 돼서까지 숨바꼭질을 하자고 했을 때는 이만저만 난처한 게 아니었다.

중학생이 숨바꼭질이라니. 유가 당시 친구들 사이에서 유행하던 스케이트보드를 타기 위해 "싫어"라고 거절하면 마호는 금방 울상을 지었다. 그럴 때면 어쩐지 자신이 못된 사람이 된 것 같은 기분이 들어서 울며 겨자 먹기로 "딱 한 번만이다"라고 못을 박고서 숨바꼭질을 했다.

마호는 도서관에서 《특수부대의 밀림 생존법》이나 《완벽 도주 매뉴얼》 같은 책을 빌려 읽고 자기만의 '숨바꼭질 비법 노트'를 만들며 숨바꼭질을 향한 남다른 열정을 불태웠다. 올림픽에 숨바꼭질 종목이 있다면 메달을 따고도 남았을 것이다.

수업을 마치고 집에 가는 길에 마호와 숨바꼭질할 장소를 찾다가 작은 공원을 지나게 되었다. 전망이 탁 트인 데다 놀이기구도 별로 없고 최근에 가지치기를 했는지 나무들도 알몸 상태였다. 숨을 데가 하나도 없는 텅 빈 공원이었다.

그런데 마호가 먼저 "여기서 하자"라고 말했다.

"숨을 데가 없으면 재미없잖아"라고 해도 마호는 여기가 좋다며 막무가내였다.

유는 떨떠름하게 서른까지 숫자를 셌다.

마호는 감쪽같이 사라지고 없었다.

설마.

공원 밖 개울에 숨었나 싶어서 살펴봤지만 거기에는 없었다. 공중화장실에도 없고, 어디에서도 마호를 찾을 수 없었다.

집에 갔나 싶었지만, 마호는 숨바꼭질에서 공정성을 중요하게 여기는 사람이었기에 그런 생각을 바로 접었다. 마호는 숨바꼭질을 검도, 유도, 가라테와 맞먹는 '무예'라고 말했다. 이를테면 아는 사람의 차가 근처에 세워져 있어서 열어달라고 부탁해 차 안에 들어가 숨는다는 비겁한 잔꾀는 허용하지 않았다. 숨바꼭질은 정정당당하게 숨어야 한다고 했다.

마호는 대체 어디로 갔을까.

유가 "항복!"을 외치자 웃음소리가 터졌다. 어디서 나는 소리인지 궁금해서 이리저리 찾아보니 아무것도 없는 나무 사이에서 웃음소리가 새어 나왔다.

설마설마했는데, "악!" 하며 마호가 튀어나왔다.

놀랍게도 마호는 용돈을 모아 미군이 사용하는 위장용 천을 샀고 그걸 덮어쓴 채로 몸을 숨기고 있었다.

"이 천은 양면 모양이 달라서 뒤집으면 모래땅에서도 숨을 수 있어"라며 자랑스러워했다.

"왜 그렇게까지 하는 건데?"라며 유는 혀를 내둘렀다.

그러자 마호는 "숨바꼭질에는 끝이 없거든" 하며 배시시 웃었다.

서로 다른 고등학교에 입학하면서 앞으로 숨바꼭질은 안 해도 되겠다고 안심했는데, 마호가 "숨바꼭질하자"라며 집까지 찾아왔다.

그때 유는 변성기에 들어섰고 키도 부쩍 자라 농구부에서 활약하고 있었던 터라 제법 인기가 많았다. 마호는 마호대로 동글동글했던 얼굴이 전체적으로 갸름해지면서 여러 명이 유에게 "너, 마호랑 친하지? 지금 남자 친구 있는지 좀 물어봐 줘"라고 할 만큼 성숙해졌다. 그런데도 숨바꼭질을 하자고 하니 어처구니가 없었다.

마호는 공원이 좋겠다며 장소까지 지정했다. 유는 이러고 있는 꼴을 친구들에게 들키는 날에는 창피해서 죽을지도 모르겠다고 생각하면서 "하나, 둘, 셋" 하고 서른까지 숫자를 셌다. 이제 고등학생인지라 어디에 숨었을지 짐작

하고도 남았다. 지난번에는 위장용 천을 덮어쓰고 숨었는데, 이제 그 수법은 아니까 나무 사이의 부자연스러운 곳을 중심으로 찾아보면 될 것 같았다.

……어딨지?

어린아이라면 몰라도 서른을 세는 동안 고등학생이 숨을 만한 곳은 별로 없었다. 나무 위에 올라간들 이제 키가 커서 안 보이게 숨지도 못한다.

공원을 한 바퀴 돌면서 구석구석 철저히 살펴봤는데도 마호를 찾을 수 없었다.

유가 "항복!" 하고 외치자 웃는 소리가 들렸다.

땅속에서 나는 소리였다.

흙덩이가 "악!" 소리를 지르며 일어나는 바람에 유는 놀라 자빠질 뻔했다. 마호는 건초와 잎사귀에 뒤덮인 북실북실한 녹갈색 의상을 입고 있었다. 온몸이 풀에 덮인 채 눈가만 구멍이 뚫려 있었다.

마호가 "이건 길리 슈트⁺라는 거야. 내가 직접 만들었어" 하며 바닥에 드러눕자 순식간에 공원에 동화되었다. "신체의 윤곽이 사라지는 게 핵심이야."

⁺ 잎사귀나 나뭇가지 등의 자연물을 붙여서 주변 환경에 동화되도록 하는 위장복.

유는 '지금 그게 중요한 게 아니잖아!' 하고 분을 삭이며 마호가 등에 달린 지퍼를 내려 슈트를 벗고 상기된 얼굴로 자신만만하게 웃는 모습을 바라보았다.

"놀랐어?"

"……어떻게 안 놀라냐? 이건 어디서, 어떻게 갖고 온 거야?"

"너희 집에 가기 전에 여기다 미리 숨겨놨지. 이거 만드느라 두 달이나 걸렸어."

뭐라고 해야 하나……. 유는 말없이 마호의 얼굴에 시선을 멈췄다.

좀 전에 마호가 어쩌고저쩌고 슈트 안에서 등을 가르고 나왔을 때는 아주 잠깐 번데기에서 나온 나비 같다는 생각을 했다.

보통 여고생들은 용돈으로 예쁜 옷을 살 텐데, 특수부대 장비 같은 괴상한 물건이나 사니까 동성 친구는 많아도 남자 친구가 안 생기는 거다.

유는 왠지 그 사실에 마음이 놓였다.

"숨바꼭질은 또 내가 이겼네."

"아, 예에."

유는 문득 이런 마호에게 어울리는 사람은 어릴 때부터

친하게 지내며 숨바꼭질을 같이 해온 나밖에 없겠다는 생각이 들었다.

"근데, 마호. 불꽃놀이 같이 보러 갈 사람 정했어?"

다음 달에 동네에서 불꽃 축제가 열린다. 애써 아무렇지 않은 척 담담하게 물었다. 혹시 여자애들이랑 같이 가기로 했다는 대답을 듣게 되더라도 분위기가 어색해지지 않을 정도로 가볍게.

"아니."

"같이 갈래? 나랑."

"좋아. 그러자."

그 말을 들었을 때는 떨 듯이 기뻤지만 얼굴에 드러나지 않도록 표정 관리를 해야 했다. 둘이 함께 불꽃놀이를 보러 가기로 약속하고 그날은 그렇게 헤어졌다.

동네 고등학생 사이에서 이 불꽃 축제는 제법 큰 행사로 통했다. 그날 하루는 성별을 막론하고 늦게 귀가해도 크게 혼이 나지 않았다. 게다가 "불꽃놀이 보러 가자"라는 말은 단순히 친구들끼리 예쁜 불꽃을 구경하고 밤의 노점에서 야키소바를 사 먹자는 그런 뜻이 아니었다.

손을 잡고, 같이 노점을 돌아다니고, 나란히 앉아 불꽃을 바라보다가 분위기가 무르익으면…… 남녀 사이가 자연스레 한 단계 발전한다는 것을 의미했다. 마호는 약간 특이하고 그런 면에 좀 어둡지만 '불꽃놀이 보러 같이 가자', '다른 애는 부르지 말고', '둘만'이라고 말하면 아무리 둔감해도 조금은 자신을 남자로 의식해 줄 거라고 속으로 기대했다.

그날부터 유는 다음 달에 열릴 불꽃 축제를 학수고대했다. 이미 늦었을지 모르지만 매일같이 팔굽혀펴기를 했다. 용돈으로 새 옷도 샀다. 농구부 친구들이 "유, 같이 불꽃놀이 보러 갈 거지?"라고 해서 "아, 미안, 난 선약이 있어. 소꿉친구랑 같이……" 하고 이죽거리며 대꾸했다가 누구랑 가느냐는 둥, 배신자라는 둥 질투를 한 몸에 받았다.

그날은 새로 산 옷을 입고 마호네 집까지 데리러 갔다. 현관에 나온 마호를 보고는 잠시 할 말을 잃었다. 마호는 나팔꽃이 그려진 유카타⁺를 입고, 뒤로 정갈하게 묶은 머리는 액세서리로 멋을 내고, 입술에는 연한 립스틱까지 발라 수상한 털옷이나 껴입던 평상시 모습과 완전히 달라져 있었다.

⁺ 목욕한 뒤나 여름철에 입는 무명 홑옷.

"이상해?"

"아니…… 안 이상해. 자, 가자."

유는 앞서 걷기 시작했다. "오늘 너 정말 예쁘다"라고 솔직하게 말했으면 좋았겠지만, 만나기만 하면 나무에 올라가고 덤불 속에 몸을 숨기며 격렬하게 숨바꼭질을 해온 사이였기에 새삼 "예쁘다", "너무 귀엽다" 같은 말이 도저히 나오지 않았다.

밤의 노점에서 전구 모양 용기에 들어 있는 사이다를 두 개 사서 회장 구석에 자리를 잡고 앉아 둘이 함께 불꽃을 구경했다.

"있잖아, 유."

사이다에서 점멸하는 보라색과 파란색 불빛이 언뜻언뜻 비치는 눈동자로 자신을 보는 마호의 모습은 더할 나위 없이 예뻤다.

좀 더 익숙했더라면 가까이 끌어당겨 안고 머리카락을 쓰다듬으며…… 머릿속으로 만 번 넘게 시뮬레이션했던 대로 이어졌겠지만, "왜?" 하고 묻는 게 고작이었다.

그러자 마호가 수줍게 웃으며 입을 열었다.

"……숨바꼭질, 안 할래?"

아니, 잠깐만.

지금 이 분위기에서 숨바꼭질이라고?

유카타를 차려입고 불꽃을 지켜보던 이 분위기에서 숨바꼭질이라니.

"아니, 마호……."

"한 번만! 제발 한 번만. 네가 나를 찾으면, 노점에서 네가 좋아하는 걸 사줄게. 못 찾으면, 내가 이긴 거니까 내가 원하는 걸 사줘."

유는 내키지 않았지만, 마호와 함께 회장을 빠져나가 나무가 우거져 있는 광장 쪽으로 걸어갔다. 펑, 펑, 소리가 울려 퍼지며 유독 큰 불꽃이 피어오르고 구경꾼들의 입에서 일제히 함성이 터져 나왔지만, 키 큰 나무들에 둘러싸인 그 광장에서는 불꽃은커녕 사람 그림자 하나 구경할 수 없었다. 나 지금 뭐 하는 거지…… 하는 생각과 함께 유는 서른까지 숫자를 셌다.

오늘도 마호는 보이지 않았다. 이런 날까지 숨바꼭질을 하자고 했으니 분명 미군이나 러시아군이 야간 작전에서 사용할 법한 장비로 몸을 숨기고 있겠지. 막대기로 덤불을 헤집다가 수풀 속에서 꺅 소리를 내지르는 커플을 마주치기도 했지만, 마호는 어디에도 없었다.

제길, 며칠 전에 미리 와서 여기다 참호라도 판 거 아냐?

하며 땅을 쑤셔봐도 마호를 찾을 수 없었다.

"항복!" 하고 외친 순간, 마호는 "악!" 하는 소리를 내며 유가 처음에 숫자를 셌던 나무 바로 옆에서 얼굴을 내밀었다. 상대가 상대인 만큼 기가 막힌 방법을 써서 숨었을 줄 알았는데 의외로 아주 단순했다. 맨 먼저 거기부터 찾아볼 걸, 바로 옆에 있었을 줄이야.

"오늘은 찾아낼 줄 알았는데." 숨바꼭질에서 이긴 마호가 우쭐거렸다.

어쨌거나 졌으니까 노점에서 원하는 걸 사줘야 했다. 마호는 반지가 갖고 싶다며 노점상을 둘러보다가 새끼손가락에 끼우는 반지를 발견하고는 그걸로 하겠다고 했다.

약속은 약속이니까 어쩔 수 없다. 마호는 무척 기뻐하면서 새끼손가락에 반지를 꼈다.

어렵게 분위기를 잡았건만 "하나, 둘, 셋" 숫자를 세던 사이에 좋았던 분위기도 불꽃과 함께 밤하늘로 사라져 버렸다. 지금 상황에서 다시 분위기를 잡기란 하늘의 별 따기다. 오늘 밤이야말로 기필코 잡고 싶었던 손은 갈 곳을 잃은 채 허공이나 젓고 있고, 동시에 유의 감정도 갈피를 잡지 못하고 헤맸다.

마호, 너라는 애는, 진짜…….

꼭 하려고 마음먹었던 말도 입 밖에 내지 못한 채 마호를 집에 데려다주고, 그날 밤은 그렇게 집에 돌아왔다.

시간이 흘러 그날을 돌이켜 본 적이 있다.

만약 그날 밤에 마호를 찾았더라면 두 사람의 인생도 달라지지 않았을까. 숨바꼭질에서 찾고 못 찾는 문제로 인생의 흐름이 크게 달라지진 않을지도 모르지만 왠지 그런 생각이 들었다.

그 후, 유는 오사카에 있는 대학에 입학해 학교 근처에서 하숙을 했다. 동아리 술자리에서 옆에 앉았던 여학생과 첫 연애를 시작하고 나름대로 즐겁게 지냈다.

그렇지만 가끔 본가에 가서 자기 방에 혼자 있으면 마호 생각이 간절했다.

마호가 전문학교에 다닌다는 얘기를 소문으로 들었다.

같이 숨바꼭질했었는데.

마호 같은 여자는 어디서도 만날 수 없었다.

그냥저냥 이어가던 여자 친구와의 교제는 1년쯤 지나자 계절이 바뀌듯 무심하게 끝이 났고, 문득 마호는 지금 어떻게 지내고 있는지 궁금해졌다.

마호의 집에도 찾아가 봤지만 이사를 가서 빈 땅에 '팝니다'라는 푯말만 덩그러니 세워져 있었다.

옛날 동창들과 연결된 SNS에도 마호는 없었다. 아무래도 SNS를 안 하는 모양이었다. 친구들에게 마호의 행방을 수소문한 끝에 초등학교 동창 중에 그와 친했던 하타노 가나코와 연락이 닿았다. 전화해도 되는지 SNS로 메시지를 보냈더니 괜찮다는 답장이 와서 전화를 걸었다.

"야, 도모야마, 진짜 오랜만이다. 잘 지냈어?"

"나야 잘 지내지. 중학교 때 이후로 처음이지?" 하며 한 차례 인사를 나누고 각자의 근황을 이야기했다.

가나코는 취직해서 한 웨딩업체에서 헤어 메이크업 일을 배우고 있다고 했다. 매일 행복한 신부들을 보면 자기도 같이 행복해진다며 무척 즐거워했다. "우대해 줄 테니까 결혼할 때 꼭 우리 회사에서 해"라며 홍보도 빼먹지 않았다. 유는 한참 멀었다며 헛헛하게 웃어넘겼다.

"참, 마호가 궁금하댔지."

"그래."

몇 달 전에 길에서 우연히 마호와 마주쳤고, 부탁할 일이 있어서 전화번호를 받아뒀다고 했다. 마호는 원래도 친한 친구가 많은 편이 아니었는데 이사를 가면서 그마저도 연락이 끊겨버렸다. 마호를 찾으려고 백방으로 알아본 결과, 현재 그의 연락처를 아는 사람은 가나코가 유일했다.

"근데 남자들은 대부분 지금 사귀던 애인과 헤어지고 괜히 몸과 마음이 외롭고 약해졌을 때, 예전에 알고 지냈던 여자를 찾잖아."

일찍 사회로 나와 숱한 풍파를 겪었을까, 가나코의 말이 정곡을 찔러서 찍소리도 못하고 잠자코 있었다.

"어쩐지 외로울 때 그래그래, 그 녀석 괜찮았지, 하면서 옛날에 호감 가던 동급생을 떠올리거나 하는 거지."

아아…… 음…… 하며 애매하게 맞장구만 쳤다.

"근데 도모야마, 여자는 그렇게 간단하지 않아."

왠지 미안하다고 해야 할 것 같았다. 여기서 맞서면 마호와 연락할 길이 사라지기 때문에 입을 다물었다.

"암튼 네 연락처를 마호한테 알려줄게. 그랬는데도 네가 본가에 있는 동안 마호에게서 연락이 안 오면 그때는 그냥 포기해. 내 마음대로 마호 연락처를 알려줄 수는 없으니까."

연락이 올지 안 올지 모르는 상태로 무작정 기다리기 싫었지만, 이상하게 가나코의 말도 이해가 돼서 받아들일 수밖에 없었다.

유가 최근에 생긴 휴대폰 번호와 이메일 주소를 불러주자 "행운을 빌게"라는 말을 남기고 전화를 끊었다.

분명 마호에게서 전화가 올 것이다. 유는 그런 예감이 들었다.

그날부터 매일 두근두근 떨면서 전화를 기다렸다. 어떻게 지내고 있을까, 조금이라도 나를 만나고 싶어 할까, 옛날에는 숨바꼭질에서 맨날 졌지만 지금이라면 좀 더 잘할 수 있는데. 그때 가슴에 묻어뒀던 말도 할 수 있는데.

그날 밤은 마호를 찾아내서 더 이상 아무 데도 숨지 못하도록 품속에 꼭 끌어안는 게 정답이었다.

이제 와서 정답을 알아낸들 너무 늦었을지도 모르지만……

며칠을 기다려도 연락은 오지 않았다.

닷새째 날 저녁은 본가에서 지내는 마지막 날이었다. 내일은 오사카의 하숙집으로 돌아가야만 했다.

핸드폰이 울리길래 잽싸게 받았다.

"유! 오랜만이야."

그리운 목소리. 마호가 틀림없었다.

서로의 근황을 나누다가 마호가 조리사 전문학교를 그만뒀다는 소식을 들었다.

"아니, 왜 관뒀어? 아깝게."

"그게. 나, 성이, 바뀌었어."

"엇."

축하한다는 말이 바로 나오지 않았다.

유는 돌연 방바닥에 커다란 구멍이 나서 끝이 보이지 않는 어둠 속으로 떨어진 듯한 기분을 맛보았지만, 마호는 아랑곳없이 결혼식이 어쩌고 신혼 생활이 어쩌고 하며 신이 나서 떠들었다.

마호를 가장 잘 아는 사람도 자신이고 마호와 숨바꼭질을 제일 많이 한 사람도 자신이기에 마호에게 "보고 싶다"라고 한마디만 하면 선뜻 옆으로 와서 예전처럼 "유, 숨바꼭질하자"라고 말해줄 거라 믿었다.

마호, 숨바꼭질도 같이 안 해본 남자랑 결혼한 거야?

나랑은 맨날 숨바꼭질했었잖아.

고급 아파트와 타히티섬으로 떠났던 신혼여행. 다섯 살 연상의 착한 남편. 유는 행복한 신혼 생활을 늘어놓는 마호의 말을 끊고 화제를 돌리고 싶었지만 자기 신세가 너무 처량해서 가만히 듣고만 있었다.

"참, 웨딩드레스 입은 사진 메일로 보냈으니까, 나중에 봐봐."

"……잘됐다, 축하해."

"하하, 고마워."

잠시 침묵이 흘렀다.

"있잖아, 유."

예전처럼 이름을 불렀다. 그 목소리와 말투는 그대로인데 마호는 이미 다른 사람의 아내가 되어버렸다…….

그런 생각에 가슴이 쓰렸지만 괴로운 심정을 말한다고 해서 달라지는 것은 없다. 단지 마호가 난처해질 뿐이다.

그날 밤 숨바꼭질에서 진 내 잘못이다. 바로 옆을 살펴보지 않았던 내가 나빴다. 그토록 가까이 있었는데.

"마호, 왜 그래?"

"……아무것도 아냐. 고마워, 연락해 줘서."

"아니야, 문득 네가 어떻게 지내는지 궁금해서 별생각 없이 연락해 봤어. 그래도 어떻게 사는지 알아서 좋았어. 그럼, 마호. 행복하게 살아."

전화를 끊었다.

유는 휴대폰을 내려놓자마자 온몸의 기운이 쑥 빠져나갈 듯이 한숨을 길게 쉬고는 바닥에 드러누웠다.

그로부터 시간이 많이 흘렀다.

지금 유는 마흔두 살이다. 지난날의 순수했던 사랑을 떠올리며 이렇게 혼자 공원에서 매일 맥주를 홀짝인다. 선술

집이나 스낵바 같은 데를 찾아갈 기력도 없고, 열중할 취미랄 것도 없어서 맨날 공원에서 맥주 한 캔을 들이켜며 하루를 마무리한다.

언제까지 이런 생활을 이어가야 하나 생각하다가 또다시 얼룩 고양이가 그려진 맥주를 입안으로 한 모금 흘려보냈다.

농구부에서 활약하던 고등학생 시절에는 인기도 많고 날씬하고 외모도 눈에 띄는 편이었는데, 허구한 날 맥주와 닭튀김처럼 몸에 나쁜 것만 먹었더니 뱃살만 늘고 건강 검진을 받을 때마다 결과가 안 좋았다.

집에는 가기 싫었다.

유는 대학을 졸업하고 들어간 첫 직장에서 사무원으로 일하던 지금의 아내, 히토미를 처음 만났다. 내성적이고 얌전하고 항상 은은하게 미소 짓는 모습에 끌려서 교제를 시작했다. 사귀기 전까지는 전혀 몰랐는데, 히토미네 부모님은 오사카에서 이런저런 사업을 하고 일반인은 모르는 돈이 돈을 낳는 방식으로 재산을 굴리는 자산가였다. 유의 본가와는 차원이 다른 부자였다.

히토미는 무엇 하나 부족한 것 없는 환경에서 자라 어릴 때부터 바이올린과 꽃꽂이와 다도를 즐겼고, 부모님은 언젠가 수준이 비슷한 집안에 딸을 시집보내려고 마음먹고 있었다.

그런데 당시 유에게 홀딱 빠져 있던 히토미가 무슨 일이 있어도 꼭 유와 결혼하고 싶다며 부모님을 졸랐다.

유는 처음 인사하러 갔을 때부터 안 좋은 예감이 들었다.

"이보게, 도모야마 군. 거두절미하고, 우리 딸은 자네 벌이로 만족을 못 할 걸세. 결혼해서 딸의 생활 수준이 떨어지면 부모 마음이 어떻겠나"라며 히토미 아버지가 입을 열었다. 어머니도 "얘는 돈에 쪼들리면서 살아본 경험이 없어서……" 하며 남편을 두둔하고 나섰다.

"저희 둘이 힘을 합치면 이겨낼 수 있을 겁니다. 지금은 제 벌이가 시원찮더라도 승진하면 연봉도 올라갑니다."

"그래봤자 겨우 월급쟁이 신세잖나. 우리처럼 크게 투자해서 크게 벌어들이는 건 평생 무리 아닌가? 결혼으로 딸자식의 인생이 망가지는 느낌이 든다고 해야 하나. 단지 우리는 딸의 인생이 걱정되는 걸세"라는 아버지의 말에 옆에서 어머니가 맞장구를 쳤다.

그때 이미 유는 집에 가고 싶어졌다. 히토미가 하도 결혼하자고 성화여서 이 자리까지 왔지만 수입이 변변치 않다느니, 인생이 망가진다느니, 그런 말을 들을 이유는 없었다. 평범한 사람 눈에는 적지도 많지도 않은 수입이었다. 열심히 노력해서 입사했다는 자긍심과 매일 우직하게 일하는 자세까지 깎아내리는 것 같아 마음이 상했다.

히토미가 "그만, 엄마 아빠 제발 그만 좀 해" 하며 탁자를 손으로 탁 치더니 "이 사람과 결혼 못 하면 그냥 여기서 콱 죽어버릴 거야"라면서 창틀에 다리를 걸치고 뛰어내리는 시늉을 하는 바람에 그 자리에서 아주 난리가 났고, "히토미! 알았다! 알았다니까!" 하며 딸을 부둥켜안은 부모님은 결국 조금씩 둘 사이를 인정하게 되었다.

유는 앞날을 생각하자 이 결혼을 무작정 기뻐할 수는 없었다.

늘 어른스러운 모습만 봐서 눈치채지 못했지만, 아무래도 히토미는 성장 과정에서 "콱 죽어버릴 거야"라고 부모님을 협박하면 자신이 원하는 것을 뭐든지 얻어낼 수 있다고 학습한 것 같았다.

"마음대로 해"라고 해도 히토미는 절대로 뛰어내리지 않았을 텐데, 딸을 끔찍하게 사랑하는 부모님이 허둥대는 모습은 차마 눈 뜨고 볼 수 없을 정도였다.

양가 상견례 자리에서도 "댁들 입장에서 보면 '남자 신데렐라'나 다름없죠"라고 소리 내 웃으면서 말해 유네 부모님을 아연실색하게 만들었다.

그 후로도 유는 부모님에게 "유, 진짜 그 애랑 결혼할 거니? 아직 그만둘 수 있으니까. 무리할 거 없다", "다시 생각해 봐라"라는 말을 여러 번 들었지만, 부모님과 집안 평계를 대면서 헤어지려니 어쩐지 떳떳하지 못하고 히토미에게도 미안했다. 게다가 이미 새집 공사가 시작된 터라 이제 와서 결혼을 물리자고 말할 수 있는 상황도 아니었다.

2세대 주택에서 장인 장모와 같이 산다. 그게 히토미네 부모님이 제시한 결혼 조건이었다. 주거 공간을 분리해 두 가정이 독립적으로 생활할 수 있도록 설계했기 때문에 사생활은 완벽하게 보호된다고 했다. 아이가 태어나면 곧바로 달려와서 도와줄 수 있고, 딸의 생활 수준도 유지할 수 있으니 일석이조라면서. 집에서 회사까지는 한 시간으로 멀어지지만 통근이 불가능한 거리는 아니었다.

유가 그리던 이상적인 인생은 맞벌이로 돈을 모아 회사 근처 아파트에 세를 얻어 살다가 나중에 내 집을 장만하는 것이었다. 그런데 난데없이 스무 평이나 되는 넓은 거실과 홈시어터와 수영장과 욕실에서 폭포가 보이는 정원이 딸린 주택과 가사 도우미까지 생겨서 마음이 복잡했다. 물론 그 집에 대해 유는 한마디도 보태지 않았고, 자잘한 내부

설비 모두 장인과 장모와 아내가 순식간에 결정했다.

히토미의 눈에 콩깍지가 씌어 있을 때는 그나마 견딜 만했다. 해가 거듭되면서 유가 퇴근하고 집에 돌아가면 아내와 장모는 거실 한복판에 드러누워 드라마를 보고 있었고, 유가 "다녀왔습니다" 하고 인사해도 두 사람 다 애매하게 대꾸만 할 뿐 화면에서 눈을 뗄 줄 몰랐다.

기본적으로 아내와 장모는 집안일에 손끝 하나 대지 않았다. 요리는 물론이고 집안일은 전부 도우미가 도맡아서 한다지만, 퇴근하고 집에 오면 처음부터 유의 몫으로 따로 덜어놓은 게 아니라 한눈에 봐도 먹다 남은 음식이 담긴 접시를 그대로 내놓았다.

웬일로 장인이 "늦게까지 일하느라 고생이 많네"라고 격려를 다 하나 싶었더니 "이 집 기둥 하나만큼이라도 벌려면 뼈 빠지게 해야지" 하며 비웃었다.

자신은 아내와 결혼한 줄 알았는데 그게 아닌 것 같았다. 언제나 아내의 가족에 자신이라는 이물질이 섞인 듯한 느낌을 지울 수 없었다.

원래 집은 사랑의 보금자리여야 하는데 유가 늦게 귀가해서인지 늘 장인 장모가 제집처럼 딸 부부의 공간을 점령하고 있었다. 어쩌면 '제집처럼'이라는 말은 다소 적절하지 않을 수도 있다. 그들 입장에서 보면 사랑스러운 딸과 자신들이 사는 집에 외부인이 하나 섞여 있는 것일 테니 제집처럼 느끼는 것도 당연한 일이었다.

주요리는 다 먹어 치우고 곁들이 채소만 남겨놓은 접시를 보고 있자니 서서히 마음에 녹이 스는 기분이 들었다.

하루는 아내에게 "여보. 우리 여기 말고 회사 근처에서 사는 게 어때?" 하고 말을 꺼냈더니 "뭐? 당신 무슨 소릴 하는 거야?"라며 맹렬히 반대했다. 아내로서는 이렇게 편안한 생활을 버리고 좁고 불편한 아파트에서 사는 건 바보 같은 짓이라고 생각했을지도 모른다. 거기다 회사 근처에서 살면 유네 부모님과 생활권이 겹치니까 그 점도 달갑지 않았을 것이다.

유가 근무하는 회사는 본가에서 비교적 가까운 편이다. 매일매일 오늘은 퇴근하면 그만 본가로 돌아가야지, 아내와 장인 장모가 사는 집에는 절대로 가지 않겠다고 결심한다. 하지만 반대를 무릅쓰고 한 결혼인 만큼 이제 와 본가로 돌아가서 늙은 부모님에게 불필요한 걱정을 끼치고 싶지 않았다. 아버지가 몸이 안 좋아서 더더욱 그랬다.

가끔 어머니에게 문자가 오면 '괜찮아요, 그럭저럭 잘 지내고 있어요'라고 답장을 보냈다.

하물며 부모님은 아들이 본가에서 가까운 이 공원에서 매일 혼자 맥주와 닭튀김으로 저녁을 해결하고 시간을 때우다가 전철을 타고 털레털레 집으로 돌아가리라고는 상상도 못 할 것이다. 11시쯤 집에 가면 이미 세 사람 다 잠자리에 든 후라서 얼굴을 마주치지 않아도 된다.

아침에 일어났을 때도 히토미는 아직 자고 있기 때문에 일주일 내내 서로 얼굴 볼 일이 거의 없다. 주말에는 도서관에서 시간을 보낸다. 이 도서관 저 도서관 돌아다니다 보니 어느새 단골처럼 되었다.

그런 하루하루를 보내는 동안 일하는 목적과 열의를 잃어버린 탓에 유보다 나중에 입사한 후배들이 앞서 높은 자리로 올라갔다.

이제 이 세상에 유가 있을 곳은 이 공원 벤치밖에 없다.

더는 이 생활을 견딜 수 없어서 딱 한 번 아내에게 이혼하자고 말을 꺼낸 적이 있다. 선뜻 받아들일 줄 알았는데 의외로 아내는 "이혼할 바에야 콱 죽어버리겠어" 하며 유를 협박했다. 아내가 원하는 건 '결혼 생활'이라는 간판이 아니었을까. 마음에 드는 외모의 남편과 안락한 저택과 자상한 부모님이 함께하는 행복한 생활.

그때는 장인이 "딸이 이래서 미안하네……" 하고 사죄

하면서 "체면을 봐서라도 이혼만은 참아주게. 이건 내 마음일세"라며 띠지를 두른 돈다발을 여럿 내밀었다.

그 돈으로 유는 갖고 싶었던 것들을 모조리 샀다. 그림의 떡이었던 손목시계, 입어보고 싶었던 양복, 해보고 싶었던 게임기, 갖고 싶었던 고급 구두와 가방까지. 물건으로는 공허한 마음을 채울 수 없었다. 오히려 뭔가를 갖고 싶어 하는 물욕마저 잃어버렸다. 유가 죽어라 일해서 받는 월급보다 장인이 여윳돈을 남에게 빌려주고 받는 이자가 훨씬 더 많았다.

장인은 말했다. "돈이 더 필요하면 언제든지 말만 하게. 얼마든지 줄 수 있으니까."

그러나 유가 원하는 건 그런 게 아니었다. 돈으로는 손에 넣을 수 없는 것이었다.

새삼스레 인생이 허무하게 느껴졌다.

당장 다니던 회사를 관두고 가진 것을 다 버리고 아내 곁을 떠난다고 한들 보잘것없는 사십 대 직장인이 할 수 있는 일은 한정되어 있다. 유는 언젠가 읽었던 개 실험 이야기를 떠올렸다. 개에게 무작위로 강한 전기 충격을 주고 피하지 못하게 하는 실험을 오랫동안 하면, 그 개는 피할 수 있는데도 피하지 않게 된다. 그저 텅 빈 눈빛으로 통증을 받아내는 껍데기만 남는다.

누가 나쁜 걸까. 이 상황에 감사하지 않는 자신이 나쁜 걸까. 유는 돈 걱정을 안 해도 되는 게 어디냐며 자신을 다독였다. 세상에는 자신보다 힘들게 사는 사람도 많다. 마음의 문을 걸어 잠그기만 하면 아무것도 아니다.

장인 장모는 값비싼 영양제를 먹고 최신 의학의 도움을 받고 스포츠센터와 노래방과 해외여행을 즐기며, 나이가 들수록 점점 더 팔팔해졌다. 당분간 이 생활이 계속될 것 같았다.

비라도 내리는 날은 역 안에 있는 서서 먹는 국숫집에서 배를 채웠지만, 그렇지 않은 날은 꼭 이 공원에 온다. 편의점에서 얼룩 고양이 맥주와 안줏거리를 사서 늘 앉던 벤치에 앉으면 마음이 편안해졌다. 몇 년 동안 계속 오다 보니 아는 사람도 생겼다. 중학생쯤 된 소년이다.

유가 닭튀김을 깨끗이 먹어 치우고 맥주를 홀짝이고 있으려니 오늘도 그 소년이 나타났다. 고개를 꾸벅 숙였다.

옷차림과 머리 색만 보면 문제아가 따로 없는데 놀랍도 그는 항상 휠체어를 밀면서 온다. 소년이 공원 입구까지 와서 "할머니, 공원에 도착했어요" 하고 다정하게 말을 건네는 것도 유는 알고 있었다. 휠체어에는 등이 동그랗게 굽은 할머니가 주름투성이 손을 무릎 위에 가지런히 올리고 얌전하게 앉아 있다. 뼈만 남아 앙상한 넷째 손가락에 오래된 결혼반지가 끼워져 있다. 어디가 아픈지 여름이고 겨울이고 계절에 상관없이 사시사철 모자를 깊이 눌러쓰고 마스크도 썼다.

밤 산책이라기보다는 밤공기를 쐬러 나오는 느낌이었다. 소년은 할머니와 같이 와서 휠체어는 벤치 옆에 세워 놓고 스케이트보드를 탔다.

할머니는 손자가 연습하는 광경을 물끄러미 지켜보았다. 벤치와 휠체어 사이는 그리 멀지 않았지만, 두 사람은 한마디도 하지 않고 나란히 앉아서 소년이 스케이트보드 타는 모습만 바라보았다.

이 분위기가 싫지 않았다. 대화는 없어도 매일 공원에서 만나는 동료 같은 느낌이 좋았다. 유는 겨울밤에만 볼 수 있는 거대한 삼각형 별자리 같다고 생각했다.

행여 "왜 매일 공원에 있어?", "왜 집에서 밥을 안 먹어?" 하고 꼬치꼬치 캐물었다면 대답하기 곤란했을 것이다. 침묵이 고마웠다.

드르르 스케이트보드가 바닥을 구르는 소리가 밤하늘

에 퍼져나갔다. 아직 솜씨가 영 서툴러서 위험해 보일 때도 있다.

유는 옛날 생각이 났다. 소년처럼 스케이트보드 연습을 자주 했다. 점프했다가 보드만 공중에 회전시키면서 착지해 보기도 하고, 보드 머리를 쳐들고 달려 나가보기도 했다. 보드와 함께 높이 날아오르는 기술에 성공했을 때는 정말 멋졌는데 하며 옛 생각에 빠져 있었더니 "으악" 하는 비명과 함께 우당탕 넘어지는 소리가 났다. "아, 아파라" 하며 옆구리를 끌어안고 쭈그려 앉은 소년이 걱정되어 처음으로 말을 걸었다.

"괜찮냐?"

"괜찮아요. 살짝 잘못 부딪쳐서…… 으, 진짜 아프다."

소년이 입고 있던 티셔츠를 말아 올렸다.

타박상일 뿐 심하게 다치지 않아서 안심했다.

"옛날 생각난다. 그때도 스케이트보드가 유행해서 나도 연습 많이 했거든."

"아, 어떤 기술로 탔어요?" 하며 소년이 갑자기 몸을 내밀고 물어서 한바탕 이야기를 늘어놓았다.

"타보실래요? 오랜만에. 여기요" 하고 소년이 보드를 내밀어서 유는 양복 재킷만 벗고 가죽 구두를 신은 채로 보드 위에 올라섰다. 진짜 이런 보드를 타고 놀았었나 스스로도 의심스러울 만큼 자세가 불안정했다. 그래도 예전에 부지런히 갖고 놀았던 덕분에 어렴풋이 기억나는 기술도 있었다. "와, 대박, 잘 타시네요" 하는 소년의 칭찬에 우쭐해져서 왕년의 솜씨를 보여주려고 지면을 박차고 힘차게 점프를 시도했을 때였다.

그만 균형이 무너지고 말았다.

앗, 소리와 함께 머리 옆쪽을 땅에 세게 부딪쳤다.

멀리서 목소리가 들려오는 듯했다.

아지랑이처럼 아른거리는 목소리.

그 목소리가 점점 더 선명하게 들렸다.

—유! 유! 괜찮아? 정신 차려, 유! 눈 떠…….

"……마호."

이름을 우물거리며 눈을 떴다. 두 개의 윤곽이 차츰 또렷해지면서 손자와 할머니가 자신을 위에서 내려다보고 있다는 것을 알았다.

그랬지, 중학생 때도 이런 일이 있었다. 오늘처럼 머리를 세게 부딪치고 바닥에 드러누웠다. 마호가 얼굴에 핏기가 가신 채로 다급하게 달려와서 차가운 물수건을 이마에 얹어줬었는데. 크게 다치지 않았다는 것을 확인하고 어이가

없다는 듯이 "정말 못 말려, 큰일 날 뻔했잖아"라고 말했
다. 그때 마호는 온 힘을 다해 유의 이름을 불렀다.

어째서 오래전 일이 이토록 생생하게 기억나는 걸까.

"괜찮아요? 아저씨 죽은 줄 알고 얼마나 놀랐다고요. 안
어지러워요? 괜찮아요?"

소년이 그렇게 물으며 편의점에서 사 온 듯한 얼음주머
니를 머리에 대주었다. 할머니도 걱정스레 이쪽을 보고 있
었다.

얼음주머니를 갖다 대자 머리는 욱신거렸지만 통증이
사라지는 기분이 들었다.

"고맙다. 시원하니까 한결 낫네. 이건 바깥 편의점에서
샀어?"

"저도 심하게 넘어져 봐서 아는데요, 심각해 보이지는
않지만 혹시라도 밤에 다시 통증이 올라오면 참지 말고 바
로 병원에 가세요."

천천히 몸을 일으켰다. 어지럽거나 휘청거리지 않으니
괜찮은 것 같긴 한데, 마흔이 넘어서 머리에 이렇게 큰 혹
을 달게 될 줄은 상상도 못 했다.

소년은 할머니가 휠체어에 똑바로 앉을 수 있도록 거들
었다. 할머니는 허리가 심하게 틀어져 있었다. 걸을 때마

다 아픈지 바닥을 스치듯이 살짝살짝 발을 떼며 천천히 앞으로 나아갔다. 이런 할머니까지 휠체어에서 내려오게 할 만큼 호되게 넘어졌구나. 괜한 걱정을 끼쳐서 미안했다.

벤치에 앉아 머리에 얼음주머니를 갖다 댄 채 "오랜만에 타서 그렇지, 예전에는 훨씬 더 잘 탔어"라며 구차한 변명을 늘어놓았다. 혹까지 생겼으니 설득력은 전혀 없겠지만. 소년이 킥킥 짓궂게 웃었다.

"진짜라니까, 여자애들한테도 인기 많았어."

"그럼 중학생 때 여자 친구도 있었어요?"

당연하다는 듯이 고개를 끄덕여 보였다.

"근데요, 옛날에는 스마트폰이 없었잖아요. 스마트폰이 없던 시절에는 여자 친구랑 뭐 하고 놀았어요?" 하며 흔한 질문을 던졌다.

"그야……." 유가 한참 뜸을 들이다가 "숨바꼭질" 하고 대답하자 소년은 "숨바꼭질이라…… 순박하네요……. 쇼와*+ 시대는 참 순박해……" 하며 자지러지게 웃었다. "이 녀석아, 에도* 시대인 양 말하지 마"라며 유도 덩달아 웃었다.

---

*+ 1926년 12월 25일부터 1989년 1월 7일까지를 가리키는 일본의 연호.
* 1603년부터 1868년까지를 가리키는 일본의 연호.

"그럼 같이 숨바꼭질했던 사람이랑 결혼했어요?"라고 묻기에 잠시 입을 다물었다.

"아니, 이래저래 사정이란 게 있단다…… 어른은……" 하고 대답하며 유는 한숨을 내쉬었다. "마음을 전하려고 했는데, 내가 고백하기 전에 먼저 결혼해 버렸어……. 그 뒤에 나도 다른 사람을 만나 가정을 꾸렸고. 끝내 한 번도 못 했어. '좋아한다'는 말을"이라고 덧붙이자 소년의 입에서 "아아" 하는 안타까움이 섞인 목소리가 흘러나왔다.

그랬다. 세상에서 마호가 제일 좋았다. 그 누구보다 더.

그때는 제대로 인식하지 못했지만.

억지로 했던 숨바꼭질이 이토록 소중한 추억으로 남을 줄이야.

"그렇지만요, 요즘은 SNS에서 찾아보고, 한번 만나자고 가볍게 연락해 볼 수 있지 않아요? 둘 다 결혼했어도 요즘은 가능하잖아요. 남녀 사이의 우정 같은 거."

"얘야."

"네."

"잘 들어, 여전히 소중한 사람이라서 그런 짓은 더더욱 못 해. 지금 그 사람이 행복하면 난 그걸로 만족해."

"순정파네요."

"맹랑한 녀석" 하며 싱거운 미소를 내비쳤다.

유가 얼음주머니값을 넉넉하게 지불한 후에 할머니와 소년은 돌아갔다. 할머니는 벌써 졸린지 고개를 숙인 채 눈을 감고 있었다.

오랜만에 옛 생각에 잠겼다.

스케이트보드를 타고 놀던 시절에는 이런 미래를 맞이하게 되리라고는 꿈에도 몰랐다. 마호를 향한 그리움이 끓어올랐다. 다시 한번 숨바꼭질을 하고 싶었다. 나이를 많이 먹어서 이제 그러지도 못하겠지만.

유는 벤치 위의 쓰레기를 봉지에 주워 담고 역을 향해 걸음을 뗐다.

가나코와는 여전히 SNS로 이어져 있다. 대학 여름방학 때 마호에게 연락하고 싶어서 연락처를 물어봤던 게 계기였다. 자주 연락하지도 않고 만나지도 않지만, 1년에 몇 번쯤 잊을 만하면 연락해서 어떻게 지내는지 보고했다.

그런데 가나코에게서 통화를 하고 싶다며 언제가 좋은지 묻는 문자가 왔다.

'별일이네, 무슨 일인데? 가나코, 설마 이혼하는 거야?'라고 반 장난으로 답장을 보냈더니 '미안, 그런 건 아니고…… 나중에 통화하자'라며 얼버무렸다.

대충 일이 끝나는 시간을 적어 보냈다. '알았어. 이따 연락할게.'

루틴처럼 편의점에서 얼룩 고양이 맥주를 사서 공원으로 가는 길에 전화가 걸려왔다.

"있잖아, 도모야마. 마호가 죽었대, 넌 알고 있었어?"

"뭐어!"

그 자리에 얼어붙은 채로 우두커니 서 있었더니 "……여보세요, ……여보세요, ……도모야마, 괜찮아?" 하는 가나코의 절박한 목소리가 들렸다. 목구멍이 꽉 막혔다.

옆으로 오토바이가 지나갔다. 지금 자신이 어디에 있는지도 알 수 없었다.

"설마. 거짓말이지? 말도 안 돼……."

"최근에는 연하장도 안 왔는데, 옛날 연하장에서 우리 집 주소를 찾았다며 마호 어머니가 엽서를 보내주셨어. 역시 너도 몰랐구나……"라며 가나코는 웅얼웅얼 말했다.

마호.

어떻게 이런 일이.

"남편도 있고 어쩌면 아이도 있을 텐데, 사고였대? 이렇게 젊은 나이에 죽다니……."

"누구 얘기야?"

"누구라니, 마호지."

일순 전화기 너머에서 소리가 사라졌다.

"마호는 죽을 때까지 평생 혼자였어. 상주도 어머니가 맡으셨고."

"그럴 리가. 마호한테 직접 들었어. 기억 안 나? 전에 네가 내 연락처를 마호한테 알려줬을 때. 웨딩드레스 입은 사진도 봤고, 신혼여행이며 신혼 생활 얘기도 본인한테 직접 들었어."

전화기 저편의 가나코는 잠잠히 생각에 잠겼다.

밤바람이 가로수를 쐐 스치고 지나갔다.

"잠깐. 그거 네가 대학생이었을 때지?"

"2학년……이었으니까, 열아홉 살이었어. 여름 방학 때 본가에 가 있었던 오봉✦ 무렵."

"그럼 시기도 맞네. 아마 그 웨딩드레스는 내가 입혀준 걸 거야. 그때 내가 헤어 메이크업 아티스트 수습생이라, 예식장에서 신부 모델 해줄 사람을 찾다가 마호한테 부탁했거든. 내가 드레스를 입혀줬어. 네가 본 마호 사진이 머

✦ 우리나라의 추석과 비슷한 일본의 명절.

리에는 노란색 장미가 꽂혀 있고, 가슴에도 장미 장식이 잔뜩 달렸고, 뒤쪽으로 드레스 자락이 길게 끌리는 드레스였다면, 맞을 거야. 드레스 뒷자락에는 잎사귀 무늬가 수놓아져 있고, 교회 계단을 배경으로 찍었어. 그날 마호가 눈부시게 예뻐서 똑똑히 기억하거든."

소스라치게 놀랐다.

도무지 받아들일 수가 없었다.

"그때 성도 바뀌었다고 그랬어, 마호가."

"웨딩드레스 입으면서 '부모님이 이혼해서 난 엄마랑 같이 살게 됐어'라고 했으니까, 그래서 어머니 성으로 바뀌었는지도 몰라. 그러면 이사 간 것도 앞뒤가 맞잖아. 내가 마호 어머니와 아는 사이이니까, 내일 엽서에 적혀 있는 주소로 찾아가 보고 뭔가 알게 되면 너한테도 알려줄게."

"그래." 그렇게 대답했지만 머릿속이 혼란스러웠다. "내일 연락할게."

유는 무언가 잘못됐다고 믿고 싶었다.

직접 들은 것도 아니고 전부 전해 들은 얘기잖아.

누가 장난질을 쳤을지도 모른다.

장난이 지나치다며 화를 내고, 그다음에 다 같이 웃으면서 끝낸다……

항상 가던 공원 벤치에 도착한 유는 얼룩 고양이가 그려진 맥주 캔을 물끄러미 바라보았다. 마호를 꼭 닮은 동그란 눈과 "악!" 하며 나타날 때의 의기양양한 표정.

마호가 죽다니, 거짓말이다.

마호는 결혼해서 행복하게 살고 있고, 지금도 아이들과 숨바꼭질을…….

오늘은 스케이트보드 타는 소년이 안 보여서 천만다행이라고 생각했다. 지금 나는 어떤 표정을 하고 있을까. 혹시 소년이 묻더라도 아무 말도 하고 싶지 않았다. 혼자라서 다행이었다.

그러고 보니 한동안 이 공원에서 그 소년과 휠체어 탄할머니를 보지 못했다. 소년도 슬슬 공부를 시작해야 했을까, 아니면 스케이트보드 소리가 시끄럽다고 이웃에게 항의가 들어왔을까…….

"도모야마 유 씨, 맞으시죠?"

갑자기 벤치 뒤쪽에서 이름이 불려 몸이 휘청했다. 허둥지둥 뒤를 돌아보니 낯선 여자가 서 있었다. 난데없이 나타난 탓에 순간 사람이 아닐지도 모른다는 생각이 들었다. 다시 집중해서 보니 정상적으로 숨을 쉬고 있었다. 그림자도 보였다. 회색 유니폼을 입고 모자를 썼는데, 유니폼에는 흰색 날개 한 쌍이 붙어 있었다. 손에는 뭔가를 소중히 들고 있었다.

"저는 천국택배의 나나호시 리쓰라고 합니다."

택배? 웬 택배?

"저희 천국택배는 의뢰인이 지정하신 분께 유품을 전달하는 일을 하고 있습니다."

유품? 설마…….

"혹시, 마호가."

"맞습니다. 데라우치 마호 씨, 학창 시절에는 미키다 마호 씨였던 분이 도모야마 씨께 편지를 남기셔서 전해드리러 왔습니다."

유의 심장이 시끄럽게 뛰었다.

"마호가 진짜 죽었다고? 이게 무슨 짓거리예요? 놀라는 영상을 찍어서 다 같이 웃는 깜짝카메라 같은 거라면, 화 안 낼 테니까 솔직히 말해요. 거짓말이잖아요, 그렇죠?"

한순간 아래를 향하던 나나호시의 시선이 유를 지그시 바라보았다.

"데라우치 마호 씨가 돌아가시면, 계약서에 적힌 대로 저희 쪽에 연락을 주시기로 되어 있었습니다. 비통하시겠지만, 데라우치 마호 씨는 돌아가셨습니다."

자기도 모르게 받아들일 뻔해서 그 말을 떨쳐냈다.

"거짓말. 천국택배라는 이름도 가짜잖아요."

유는 그럴싸하게 꾸며낸 거짓말이라는 확고한 증거를 찾고 마호가 무사하다는 사실에 안도했다. 웃음이 터졌다.

"거짓말이 확실하네. 나는 고등학교를 졸업한 뒤로 마호와 만난 적이 없거든요. 집이나 회사로 택배를 보냈다면 그나마 이해가 가는데…… 여기는 그냥 공원이잖아요. 내가 여기 있는 건 가족도 모르고 회사 동료들도 몰라서 아무도 못 찾는다고요. 그러니 택배 기사가 여기로 나를 찾아온다는 건 절대로 불가능해요. 무슨 작당을 하려면 마무리까지 야무지게 했어야죠. 하마터면 깜빡 속을 뻔했네. 다음엔 좀 더 잘 해봐요."

역시 마호는 건강하게 살아 있다. 나를 골탕 먹이려고 장난을 친 건지도 모른다.

지금도 이 공원 어딘가에 숨어서 상황을 지켜보고 있는 거 아냐? "악!" 하면서 나와봐, 항상 그랬듯이. 유는 주위를 휘휘 둘러보았다.

나나호시가 편지 한 통을 꺼냈다. 받는 사람은 '도모야마 유 님'이었다.

유의 얼굴에서 웃음기가 사라졌다.

"의뢰할 때 데라우치 마호 씨가, 도모야마 유 씨는 평일 저녁에 항상 이 공원 벤치에 있으니까 그리로 편지를 배달해 달라며 시간까지 정해주셨습니다."

그리운 마호의 글씨체가 분명했다.

"이게 그 편지입니다."

유는 잠자코 편지를 받았다. 나나호시가 걱정스러운 얼굴로 서 있었지만, 왠지 이 편지는 혼자 읽어야 할 것 같았다. 그런 심경을 알아차렸는지 나나호시는 유를 혼자 있게 해주려는 듯 인사를 하고 떠났다.

봉투 안에 편지 한 장이 들어 있었다. 두 번 접은 그 편지를 펼쳤다.

 —이번에도 숨바꼭질은 내가 이겼네! 유, 맥주 너무 많이 마시지 마.

그렇게 적혀 있었다. 맥주 캔 일러스트와 함께.

맥주 캔에는 얼룩 고양이 얼굴이 그려져 있었다. 유는 옆에 있는 맥주 캔을 쳐다보았다. 그림과 똑같이 생긴 얼룩 고양이가 거기 있었다.

─유. 언젠가 나를 찾으러 와줘.

"아니. 어떻게 이런 일이, 어떻게 마호가."

유는 정신을 차리고 벤치 위의 물건들을 주섬주섬 챙겨서 공원을 뛰쳐나가 본가로 갔다. 공원 밖에서 걱정스럽게 유를 지켜보는 택배 기사의 실루엣이 얼핏 눈에 들어왔지만, 인사를 나눌 겨를이 없었다. 죽어라 달렸더니 다리가 꼬일 지경이었다. 예전에 사용하던 컴퓨터에 마호가 보내준 사진을 저장해 둔 기억이 났다. 아직 본가에 그 컴퓨터가 남아 있다면 뭔가 알아낼 수 있을지도 모른다.

"아버지 어머니, 늦은 시간에 죄송해요. 옛날에 쓰던 컴퓨터가 갑자기 필요해서요. 제 방에 있던 그 컴퓨터 아직 있죠?" 하며 2층으로 뛰어 올라갔다. 붙박이장 구석에 처박혀 있던 컴퓨터를 꺼냈다. 구형이지만 전원은 켜졌다. 이것저것 검색하다가 마침내 찾았다.

마호가 웨딩드레스를 입고 있는 사진.

─예식장에서 신부 모델 해줄 사람을 찾다가 마호한테 부탁했거든. 내가 드레스를 입혀줬어.

─머리에는 노란색 장미가 꽂혀 있고, 가슴에도 장미 장식이 잔뜩 달렸고, 뒤쪽으로 드레스 자락이 길게 끌리는

드레스였다면, 맞을 거야. 드레스 뒷자락에는 잎사귀 무늬가 수놓아져 있고, 교회 계단을 배경으로 찍었어.

한 자 한 자 그대로였다. 배경은 교회 계단. 장미 장식과 잎사귀 무늬.

같이 저장해 뒀던 신혼집과 신혼여행 사진을 스마트폰으로 보냈다.

사색이 된 아들이 불쑥 찾아와서 컴퓨터로 이것저것 확인하는 광경을 지켜보던 어머니가 걱정스러운 얼굴로 "무슨 일 있니?" 하고 물었다.

"아뇨. 옛날 친구 일 때문에요." 걱정을 끼치고 싶지 않아서 아무렇지 않은 표정을 지었다.

집에 가서 스마트폰으로 마호에게 받은 사진과 비슷한 사진이 없는지 밤을 새워 검색했다. 신혼여행을 가서 타히티섬 해변에서 찍은 사진.

비슷한 사진을 계속 찾다 보니 '도키오의 남국 탐험 일기'라는 개인이 운영하는 오래된 여행 블로그가 나타났다. 옛날 느낌을 물씬 풍기는 사이트였는데 한참 전부터 업데이트가 멈춰 있었다. 관리자에게 메일을 보낸들 확인할 가능성은 없어 보였다. 주로 남쪽 나라에 있는 섬들을 소개하는 그 사이트에는 볼 만한 관광지도 꼼꼼하게 정리되어 있었다. 벌써 여러 해가 지난 터라 그동안 개발이 진행되었을 테니 관광 정보로서의 가치는 사라졌더라도 당시의 분위기를 고스란히 전해주는 타임캡슐 같았다.

그 여행 블로그 한쪽에 사진 페이지가 있었다. '깜짝 선물! 블로그 방문자에게만 공개하는 해변 사진입니다. 다운로드는 여기를 클릭하세요'라며 무지개색 화살표가 점멸했다. 거기에 마호가 보내준 것과 똑같은 해변 사진이 잔뜩 실려 있었다. '상업적으로 이용하는 것은 불가능하지만, 개인적으로는 자유롭게 쓰셔도 됩니다. 사진을 가져가실 때는 게시판에 한마디 남겨주세요'라며 주의 사항을 일러두었다.

게시판은 몇 년 전부터 멈춰 있었는데, 한참 화면을 스크롤해서 대학교 2학년 무렵을 중점적으로 살펴보았다.

MAHO: 타히티 사진이 정말 멋져요. 사진을 보내주고 싶은 사람이 있어서 퍼갑니다. 고맙습니다.

시기까지 일치하는 게시물을 찾았다.

마호였다.

마호는 얕은꾀를 싫어했다. 아무리 인터넷에 떠도는 사진일지라도 남의 것을 함부로 가져가서 쓰지 않는다. 그런

고지식한 성격 때문에 인터넷에 마호의 흔적이 남았다고 생각하니 안타까운 마음을 달랠 길이 없었다.

마호는 왜 다른 사람이 찍은 사진까지 보여주면서 거짓말을 했을까.

"마호, 왜 그랬어…… 왜 그랬냐고……." 유는 화면 속 'MAHO'라는 글자를 쓰다듬으며 눈을 감았다.

다음 날 일을 마치고 공원 벤치에서 기다리자 또다시 같은 시간에 가나코에게서 전화가 왔다. 재빨리 받았다.

"도모야마…… 여러 가지를 알아냈어. 마호가 친구들과 연락을 끊은 이유까지도."

갈라진 가나코의 목소리는 피곤한 기색이 역력했다.

"마호는 진행성 질환에 걸려서 전문학교도 그만두고 내내 투병 생활을 했대. 치료 방법을 놓고 의견이 갈려서 부모님은 이혼했고, 집을 팔아 그 돈으로 치료비를 댔는데…… 희귀병이라서 인허된 약도 없는 데다 그마저도 엄청나게 비싸고 증세가 호전되는 경우는 3분의 1밖에 안 돼서……."

"무슨 병인데?"

"대사 어쩌고, 면역 어쩌고, 뭐 그런 병이었어"라며 가나코는 말끝을 흐렸다.

유는 "실은 어제 마호가 보낸 편지를 받았어. 그런데 편지 내용이 이상했어"라고 하며 천국택배라는 곳에서 마호의 편지가 왔음을 이야기했다. 공원 벤치에 불쑥 나타난 택배 기사, 편지에 그려져 있던 맥주 캔과 얼룩 고양이 그림. 예전에 신혼 생활 소식을 전하면서 마호가 보내준 메일에 첨부되어 있던 사진이 그가 직접 찍은 게 아니었다는 얘기까지 전부.

그 말을 들은 가나코는 긴 숨을 내쉬었다. 그러고는 한동안 말이 없었다.

"그 공원에서 받은 편지 내용은 마호가 초능력을 발휘해서 본 걸 거야, 맞아, 초능력으로 도모야마가 공원에 있는 꿈을 꾼 거야. 내 말이 맞아"까지 내뱉고는 일방적으로 전화를 끊으려고 했다. 가나코의 목소리가 이상했다.

"잠깐만, 수상하게 왜 이래! 초능력이라는 말을 누가 믿냐! 제대로 설명해 봐! 제발!" 거의 울부짖듯 소리쳤다.

"말하기 싫어."

"뭐야! 너 진짜 이럴 거야! 초능력이라니, 바보 같은 소리 작작 해!"

"바보는 바로 너야!" 격분한 가나코가 흐느껴 울었다. "어째서 마호가 친구들과 연락을 끊었는지, 너한테 거짓말했는지 다 알겠어. 마호는 줄곧 너를 좋아했던 거야! 나도 같은 여자라서 마호의 마음을 아니까, 병명은 말하고 싶지 않아. 그냥 중병이었다고만 할게. 그래서 마호는 죽었어, 내가 말할 수 있는 건 여기까지야, 끝."

"끝이라니! 끝난 건 아무것도 없어, 어떻게 이렇게 끝내! 나한테 마호는……."

"여자는 말이지. 외모가 조금 통통해지거나 피부가 살짝만 거칠어져도 엄청 신경 쓰이고 우울해져. 좋아하는 남자 앞에선 더더욱 그래. 고통스러웠을 마호를 생각하면, 난 더 이상 아무 말도 할 수 없고, 하고 싶지도 않아."

긴 침묵 너머에서 가나코가 목메어 우는 소리가 들렸다.

"……마호는 어릴 때부터 숨바꼭질하는 걸 좋아했잖아. 그건, 숨바꼭질이 좋아서가 아니었어. 네가 자기를 찾아주는 게 좋았던 거야."

이만 끊을게, 라며 전화는 끊어졌다.

유는 무작정 달렸다. 닥치는 대로 여기저기 공원을 찾아다녔다. 항상 뭔가를 놓친 듯한 기분이었다. 소중한 무언가를. 첫 번째 공원, 두 번째 공원, 세 번째 공원까지 둘러봐도 아무도 없었다. 그래도 포기하지 않고 네 번째 공원을 찾아갔다.

그 공원 앞에 왔을 때 드르르 바퀴 굴러가는 소리가 마치 자신을 부르는 것만 같아서 안으로 들어갔다. 몇몇이 스케이트보드를 타고 있었다.

그 소년이 있는지 두리번두리번 살펴보았다.

"저기, 미안한데. 사람을 찾고 있거든. 키는 요만하고, 반은 청록색이고 반은 빨간색인 스케이트보드를……" 하고 열심히 설명하고 있는데 "어, 여긴 웬일이세요?" 하는 목소리가 날아들었다.

때마침 연습하러 나온 모양이었다. 그 소년이었다. 이쪽을 걱정스럽게 쳐다보았다.

"엇, 괜찮아요? 땀 장난 아니에요."

"어, 응, 괜찮아. 너 말이다, 맨날 휠체어 끌고 공원에 왔었잖아."

소년의 표정이 확 펴졌다.

"맞아요, 할머니랑 같이 갔었죠. 근데 친할머니는 아니에요. 알바였거든요. 공원에 데려다 드릴 때마다 300엔을 줘서 꽤 쏠쏠했는데. 입원한다던데요? 지금은 어떻게 지내는지 몰라요, 건강하시면 좋겠는데."

"알바였다고?"

"매일 저녁에 전화가 와서는, 지금 공원에 갈 수 있냐고 물었어요. 우리 집은 공원 옆 연립 주택 3층이고, 할머니는 바로 옆집에 살았거든요."

공원 바로 옆에서 공원을 내려다보듯 서 있던 연립 주택이 떠올랐다.

"혹시 그분 이름 알아?"

소년은 골똘히 생각했다.

"뭐였더라. 맨날 옆집 할머니라고 불러서, 바로 생각이 안 나요."

사뭇 진지한 유의 표정을 보더니 아, 뭐였지, 하면서 다시 생각에 잠겼다.

"그게, 할머니 이름 같지 않았는데. 뭐였더라……."

불현듯 가나코의 목소리가 귓가에 울려 퍼졌다.

—여자는 말이지. 외모가 조금 통통해지거나 피부가 살짝만 거칠어져도 엄청 신경 쓰이고 우울해져.

—난 더 이상 아무 말도 할 수 없고, 하고 싶지도 않아.

—외모가.

한참 동안 눈을 감고 생각에 빠져 있던 소년의 얼굴이 환해졌다.

"아, 맞다. 생각났어요. '데라우치'. '데라우치 마호'였어요."

유는 건성으로 감사 인사를 하고 공원을 빠져나와 항상 가던 공원으로 힘없이 걸어갔다.

변함없이 아무것도 없는 텅 빈 공원이다. 스포트라이트 같은 조명이 공원 벤치를 비추고, 바로 옆 연립 주택의 창문에는 색색의 불빛이 떠다니고 있었다.

여기서 그쪽이 보인다는 건 3층 창문에서도 이쪽이 잘 보인다는 뜻이다. 혼자 벤치에 앉아 매일 맥주를 들이켜는 모습이.

그러고 보니 유가 공원에 도착하고 10분 정도 지나면 소년이 휠체어를 끌며 나타났다.

유는 문득 깨달았다. 늘 한마디도 하지 않았던 이유를.

외모는 바뀌어도 목소리는 바뀌지 않는다.

스케이트보드를 타다가 넘어졌을 때 들리던 목소리.

새끼손가락에 끼는 걸 넷째 손가락에 껴야 할 만큼 홀쭉하게 여윈 상태에서도 소중하게 끼고 있던 반지.

이토록 가까운 곳에 단서가 있었다니.

유는 손바닥으로 얼굴을 덮었다.

내가 어떻게 찾아. 마호 넌 숨바꼭질 도사잖아. 절대 못 찾지.

찾았으면 좋았을걸.

지금이라면 진심을 전할 수 있을 텐데.

언제쯤 찾아줄까, 언제쯤 알아차릴까, 생각하면서 기다렸어?

지금이라면 절대로 "항복!"이라고 하지 않을 거야. 딱한 번만이라고도 안 하고, 평생 곁에 있으면서 몇 번이든, 몇천 번이든, 몇만 번이든 술래가 되어줄 수 있는데.

눈부신 햇살 아래 유는 눈을 가늘게 떴다. 시선을 위쪽으로 옮기자 구름 한 점 없고 시리게 파란 하늘이 끝없이 펼쳐져 있었다. 매일 이 공원에 왔지만, 오전 10시라는 대낮에 온 건 오늘이 처음이었다. 유는 벤치에 앉아 공원을 둘러보았다. 공원은 낮과 밤이 완전히 달랐다. 어린이집에서 놀러 나왔는지 똑같은 노란색 모자를 쓰고 오리 떼처럼 선생님을 졸졸 따라가는 어린아이들이 보였다. 다들 옷을 잔뜩 껴입은 탓에 동글동글하고 귀여웠다.

아무 생각 없이 보고 있자니 어느새 숨바꼭질이 시작되었다.

술래가 선생님과 함께 숫자를 세는 동안 나머지 아이들은 숨을 장소를 찾아다녔다. 여자아이 하나가 이쪽으로 뛰어오더니 이 자리가 마음에 들었는지 "아저씨, 여기 숨었다고 알려주면 안 돼요" 하고 유가 앉아 있는 벤치 뒤로 숨었다.

술래가 와서 "여기 있어?" 하고 물었다. 모른 척하고 있는데 뒤쪽에서 "없어!"라고 천진난만하게 대답하는 소리가 나와 자기도 모르게 그만 웃어버렸다.

회사는 그만두었다. 이 공원에 오는 것도 오늘이 마지막이다.

유는 정든 이 벤치와 공원에 작별 인사를 하려고 홀로 찾아왔다. 대낮부터 술을 마시면 안 될 것 같아 오늘은 얼룩 고양이 맥주 대신 커피를 골랐다.

아내와는 정식으로 이혼했다. 앞으로의 계획은 하나도 정해지지 않았지만, 새로 산 수첩을 들고 마호를 찾으러 갈 생각이다.

예전에 숨바꼭질할 때 눈을 감은 척하고 슬쩍 실눈을 뜨거나 서른까지 똑바로 세지 않고 꾀를 부리면 마호는 진지하게 화를 냈다.

그러니까 잔꾀는 쓸 수 없다. 곧바로 그쪽으로 따라가는 속임수를 쓰면, 상대도 안 해줄지 모른다.

숨바꼭질은 끝나지 않았다. 언젠가 인생의 마지막 순간

에 마호를 찾을 수 있도록. 그때 당당하게 "찾았다"라고 말할 수 있도록. 최선을 다해 내 인생을 살아가야지.

술래가 바뀌었는지 이번에는 다른 아이가 큰 소리로 "하나, 둘, 셋……" 하며 숫자를 세고 있다. 아이들은 킥킥 웃으며 숨을 곳을 찾았다.

—유, 언젠가 나를 찾으러 와줘.

유는 마호에게 받은 편지를 고이 접어 윗옷 가슴 주머니에 넣고, 트렁크 하나만 들고서 걸음을 내디뎠다.

제4화

마지막 과외 활동

첫 번째 인물, 오사베 아야카

복사기 불빛이 왼쪽에서 오른쪽으로 이동하며 노트에 기록된 정보를 똑같이 베껴나갔다. 그 불빛이 쫙 펴놓은 노트를 어루만지기 무섭게 복사기는 종이를 뱉어냈다. 손 끝에 종이가 닿으면 온기가 전해져서 마치 살아 있는 생물 같다는 생각에 기분이 이상했다. 하지만 종이는 태어나자 마자 싸늘한 죽음을 맞으며 평범한 복사 용지 다발의 일부 가 되어갔다.

오사베 아야카는 대학교 안에 있는 편의점에서 부지런 히 자기 노트를 복사했다. 곧 시험 기간이다. 이때가 되면 누구나 오사베의 노트를 탐낸다. 아침 일찍 시작하는 1교시 강의도 눈이 오나 비가 오나 한 번도 빼먹지 않고 출석해서 꼼꼼하게 필기했다. 칠판에 적힌 내용은 물론이고 교수가 한 이야기에서도 요점을 찾아 메모하고 시험에 나온다고 언급한 부분은 한눈에 알아볼 수 있도록 별표로 표시했다. 보기 쉽게 정리하려고 각별히 신경을 썼다. 자기가 생각해도 참 깔끔한 노트다 싶었다.

오사베는 친구들을 위해 직접 노트를 복사했다. 스마트폰으로 사진을 찍어도 될 텐데, 그러면 알아보기 어렵다고 해서 복사해서 나눠주게 되었다. 친구들은 시험 기간만 되면 "오사베, 노트 복사해 줄 거지?"라며 스스럼없이 부탁했다.

친구들은 노느라 바빠서 아침 첫 강의 시간에는 코빼기도 안 비쳤다. 다들 같은 동아리에 들어가서 우르르 몰려다녔고, 하나같이 점심이 지나야 학교에 나타났다. 오사베도 그 동아리에 들어오라고 권유받았지만, 거기는 다른 대학과 연합해서 모이는 탓에 교통비가 많이 들었다. 친할머니의 건강이 나빠져서 가족은 모두 시골 할머니 댁으로 가고, 장녀인 오사베만 학교를 이유로 여기에 남았다. 혼자 하숙하느라 생활이 빠듯해서 쉴 새 없이 아르바이트도 해야 했다.

오사베로서는 인생을 살아가려면 요령이 필요하다고 생각할 수밖에 없었다. 실제로 시험 직전에만 그의 노트를 달달 외워서 오사베보다 시험을 더 잘 보는 친구들도 많았다. 소개팅을 하고, 동아리 엠티에서 술을 진탕 마시고, 해변에서 술과 바비큐 파티를 열고, 멋진 애인, 친구들과 지금 이 순간이 아니면 누릴 수 없는 즐거운 추억을 잔뜩 만들면서 학점도 절대로 놓치지 않았다.

오사베는 한 번도 결석하지 않고 착실하게 강의를 듣고 성실하게 살아가는 자신이 한심했다. 이 사회도 처세술과 요령이 좋은 사람만 원하기 때문에 사교성이라는 강력한 무기를 가진 강자들 앞에서 자신처럼 성실상이나 받는 사람은 가산점을 받을 길이 없는 거나 마찬가지였다.

오사베만 같은 동아리가 아니어서일까, 비록 학교 안의 헐거운 고리라는 느낌밖에 없어도 어쨌거나 오사베는 세련되고 눈에 확 띄는 여자애들과 같은 그룹에 속해 있다. 학교 식당에서 같이 밥을 먹거나 인기 있는 카페에서 노닥거릴 때도 자신이 이 그룹에 섞여 있다는 사실이 믿기지 않았다. 얼굴이 예쁘다, 150점. 재미있다, 100점. 잡지에 실릴 만큼 패션 감각이 좋다, 80점. 친구가 많고 발이 넓다, 100점. 같은 동아리 멤버다, 70점. 암묵적으로 그런 식으로 더해진 총점을 기준으로 탈락시켜 나가다 보면 전체 집단은 자연히 작은 그룹으로 나눠진다.

알이 두꺼운 안경과 새우등, 까맣고 어중간한 길이의 머리카락을 하나로 질끈 묶은 머리, 2년 전에 양판점에서 산 옷까지 가산점을 받을 요소가 하나도 없는 자신에게도 딱 하나 내세울 수 있는 비장의 무기가 있었다. 그게 바로 이 노트였다.

꼼꼼하게 노트 필기를 잘한다, 50점(단, 시험 기간 한정).

이 노트 때문에 자신이 그 그룹에 들어갈 수 있었다는 것을 오사베는 알고 있다. 복사해 주지 않겠다고 한마디만 하면 이 관계는 그날로 끝이다.

솔직히 그리 기분 좋은 일은 아니지만, 중고등학교 때처럼 집단에서 자신만 외따로 뚝 떨어져 있는 건 죽어도 싫었다. 나머지 그룹에 끼워주는 것도 싫었다. 아침에 일어나 학교에 가서 섬처럼 앉아 있다가 한마디도 안 하고 집에 오는 것도 싫었다. 예쁘지도 않고 패션 감각도 떨어지고 가산점을 받을 구석이 하나도 없는 사람이 상위 그룹에 들어가려면 이 노트가 꼭 필요했다.

대강의실에서 홀로 쓸쓸히 앉아 있는데 한껏 멋을 낸 친구들이 말을 걸어줬을 때는 말할 수 없이 기뻤다. 같이 웃고 있기만 해도 자신이 좀 더 강하고 높아진 기분이 들었다. 반에서 줄곧 외톨이로 지냈던 고등학교 시절과는 다르다. 미모와 재치가 강점이듯, 자신에게는 성실이라는 강점이 있다고 스스로를 세뇌하며 복사를 계속했다. 불빛이 왼쪽에서 오른쪽으로 이동했다. 자신도 복사기의 일부가 된 기분으로 기계적으로 손을 움직였다.

그러자 뒤쪽에서 갑자기 "오사베 아야카 씨 맞으세요?" 하는 물음이 날아왔다.

깜짝 놀라서 어깨를 움찔했다.

돌아보니 모르는 얼굴이 거기 있었다. 위아래 세트로 된 택배업체 유니폼을 입은 여자였다. 얼굴이 앳돼서 유니폼을 안 입었더라면 같은 대학생이라고 해도 믿었을 것이다. 회색 유니폼의 가슴팍에는 날개 한 쌍이 맞붙어 있었다. 머리가 짧고 키가 컸다. '나나호시'라고 적힌 명찰이 달려 있었다.

"저는 천국택배에서 온 나나호시 리쓰입니다."

처음 들어보는 업체 이름이었다. 천국? 그런 지명이 있었나? 설마 '천국과 지옥' 할 때의 그 천국은 아니겠지.

"저희 천국택배는 의뢰인이 지정하신 분께 유품을 전달

하는 일을 하고 있습니다."

오사베는 유품이라는 말을 들어도 짚이는 사람이 전혀 없었다. 찬찬히 생각해 봐도 친척 중에 죽은 사람은 없었다. 외할머니는 오사베가 철이 들기도 전에 세상을 떠났지만 외할아버지와 친할아버지, 친할머니는 여전히 건재했다. 자신에게 유품을 남길 만한 사람은 없었다.

간단히 끝낼 이야기가 아닌 것 같아서 일단 복사기를 멈추고 거스름돈 버튼을 세게 눌렀다. 땡그랑 소리와 함께 잔돈이 떨어졌지만, 그 소리가 짧게 끝나자 기분이 몹시 우울해졌다. 필기도 자기가 하고 복사비도 자기가 냈다. 처음에 "됐어, 얼마 되지도 않는데"라며 호기롭게 복사물을 나눠줬더니 그 뒤로 당연하게 여기는 분위기가 형성되는 바람에 이제 와서 다시 돈을 달라고 할 수도 없는 노릇이었다.

나나호시가 "아, 복사하고 있었구나. 곧 시험이에요?" 하고 그렇다는 듯이 묻기에 "네. 친구가 아파서 강의를 못 들었다고 해서요. 아, 지금은 다 나았어요"라며 이상한 변명을 늘어놓았다. 대체 나는 왜 변명을 하고 있는 걸까.

편의점 앞에 테이블이 놓여 있어서 그쪽으로 갔다. 나나호시가 커피를 사주었다.

나나호시는 "좀 앉을게요" 하고 앉더니 항균 물티슈로 테이블 위를 깨끗이 닦고 흰색 손수건으로 한 번 더 닦았다. 그런 다음, 가방에서 봉투를 꺼냈다. 봉투는 하나가 아니었다. 전부 다섯 개였다. 봉투 다섯 개를 트럼프 카드를 늘어놓을 때처럼 일정한 간격으로 테이블 위에 올렸다.

"의뢰인은 사나다 미쓰히코 선생님입니다."

선생님이라고 했으니 수업을 들은 적이 있을 텐데 얼굴이 기억나지 않았다. 그런 선생님이 있었나⋯⋯. 부랴부랴 담임과 주임 선생님 이름을 머릿속으로 검색했지만 짐작 가는 사람이 없었다. 아직 졸업한 지 2년밖에 안 됐는데 대학 이전의 선생님들 기억이 가물가물해서 내심 놀랐다. 사나다라면, 비실비실했던 고전문법 할아버지 선생님인가? 누구더라?

나나호시에게 "과학부 고문이었던 사나다 미쓰히코 선생님입니다"라는 설명을 듣고서야 간신히 떠올렸다.

"아!" 하는 납득과 "왜?" 하는 의문이 동시에 몰려왔지만 후자 쪽이 더 오래 남았다. 오사베는 망설이다가 입을 열었다.

"저기, 사나다 선생님이 저한테 편지를 남겼다니, 뭔가 잘못된 거 아니에요?"

나나호시는 "아뇨, 아니에요. 과학부 부장이었던……오사베 아야카 씨 맞잖아요?"라고 확인하면서 편지 다섯 통 중 하나를 보여주었다. 받는 사람 이름에 '오사베 아야카 님'이라고 분명히 적혀 있었다. 예쁜 글씨였다. 자로 선을 그은 듯이 반듯반듯하게 판서하던 사나다 선생님의 글씨가 생각났다.

몇 번을 봐도 자신에게 보낸 편지가 틀림없었다.

글씨체는 겨우 생각났지만 사나다 선생님의 얼굴은 여전히 흐릿하기만 했다. 고3 때 잠깐 들어갔던 과학부의 고문이자 과학 교사였다. 약간 통통하고 말수는 적고 동그란 안경을 끼고 있었다. 더위를 많이 타는 체질인지 여름이면 땀이 비 오듯 했다. 아마 독신이었던 것 같은데. 농담도 할 줄 모르고 덤덤하게 진도만 나가는 사람이라서 교실 뒷자리에 앉은 애들 대부분이 딴짓하며 시간을 보냈다. 좋아하는 선생님은 물론이고 싫어하는 선생님 베스트 3에도 절대로 들어가지 않던 사람, 존재감이 없어서 호감도 비호감도 사지 않던 사람.

역시나 "왜?" 하고 묻고 싶었다. "선생님, 왜 돌아가셨어요?"가 아니라 하필이면 "왜 저예요?"라고.

당시 사나다 선생님은 삼십 대 후반이거나 사십 대였으

니까 너무 일찍 세상을 떠났다. 그런 선생님이 죽기 전에 일부러 학생들에게 편지를 남겼다니 예삿일이 아니다 싶었다. 사나다 선생님은 학생들뿐 아니라 인간 자체에 그다지 관심이 있어 보이는 사람이 아니었다.

과학부라니까 똑똑한 애들만 모였을 것 같겠지만, 실제로는 거의 활동을 하지 않는 동아리였다. 그냥 일주일에 한 번씩 정기 모임을 해야 하는 날마다 과학실에 모여 각자 빈둥거리며 시간을 보냈다. 아무 활동도 안 하는 동아리는 아예 없애버릴 거라고 해서 일단 모이긴 모여야 했다. 어쩌다 과학 관련 동영상을 보거나 실험을 할 때도 있었지만 기본적으로는 뭘 하든 자유였다. 오사베는 뒷자리에 앉아 문제집을 풀었기 때문에 다른 부원들이 뭘 했는지까지는 기억나지 않았다.

생활 기록부에서 좋은 인상을 주려면 동아리 활동을 하긴 해야 하는데, 운동이나 예술 계열 동아리는 연습을 많이 해야 하는 점이 달갑지 않아서 미적거리다가 3학년이 되어서야 소거법을 적용해 과학부를 선택했다.

다들 비슷하게 생각했는지 부원은 3학년들뿐이고 1학년과 2학년은 한 명도 없었다. 순수하게 과학이 좋아서 들어온 사람은 하나도 없는 것 같았다.

그 점은 고문을 맡은 사나다 선생님도 별로 다르지 않은 듯했다. 주말을 바쳐가며 맹훈련하는 운동부나 음악제 준비로 매일 저녁 늦게까지 연습하는 음악부 고문은 싫고, 뭐라도 하나는 맡아야 한다고 주위에서 압박을 주니까 마지못해 새로 동아리를 하나 만든 느낌이었다. 아무것도 하고 싶지 않은 학생과 아무것도 하고 싶지 않은 교사의 욕구를 과학부가 채워준 셈이었다.

"저, 사나다 선생님이 진짜 돌아가셨어요?"

"네, 안타깝게도 병으로 그만. 돌아가시기 전에 저희 회사에 의뢰하셨거든요. 여러분의 성인식[*]이 끝났을 즈음에 이 편지를 전달해 달라고 하셨어요."

즉 선생님은 갑작스러운 사고로 죽은 게 아니며 과거 과학부 부원들에게 보내는 이 편지를 천국택배라는 업체에 직접 맡겼다는 뜻이다.

그것도 죽기 전에.

"이거, 읽어봐도 돼요?" 하고 오사베가 묻자 나나호시는 "물론이죠. 그러려고 갖고 왔으니까요"라고 대답했다.

편지지에도 선생님이 쓴 반듯반듯한 글자가 늘어서 있

---

[*] 일본에서는 매해 1월 두 번째 월요일에 지자체별로 성인이 된 것을 축하하는 성인식을 개최한다.

었다. 머리글자도 줄이 딱딱 맞았다.

　— 오사베에게

　스무 살이 되면 서로 축하하면서 다 같이 제방에 모여 야외 수
　업을 하자던 약속을 못 지켜서 미안하다. 그렇지만 가능하다면
　너희끼리 한번 모였으면 좋겠다.

　모이는 날짜와 장소도 적혀 있었다. 3월 20일까지는 아
직 좀 남았다.
　이게 무슨 말이지?
　'스무 살이 되면 서로 축하하면서 다 같이 제방에 모여
야외 수업을 하자던 약속'조차 기억에 없었다. 그냥 잡담
하다가 나중에 다 같이 모이면 재미있겠다, 라는 소리가
나왔을 수는 있지만…….
　만약 대회에 나가기 위해 3년 동안 죽어라 연습했던 브
라스 밴드부라면 "선생님!" 하며 감격해서 엉엉 울겠지만,
오사베는 눈물이 한 방울도 나오지 않았다. 솔직히 이렇게
묵직한 감정을 일방적으로 내던진 선생님이 원망스러웠다.
　그렇지만 배달원 앞에서는 그런 감정을 드러내면 안 될

것 같아서 애써 슬픈 표정을 꾸며냈다.

편지 내용은 거기서 끝이 아니었다.

　—오사베, 이 편지들을 나머지 네 명에게 전해주고 그 자리에
　모아주길 바란다.

　—준비물: 설탕 1킬로그램

"에?"

오사베는 어리둥절했다.

"아니, 설마 제가 이 편지를 다른 애들한테 전해주러 가
야 하는 거예요? 제가요? 여기 준비물에 적힌 설탕은 또
뭐예요?"

천국택배의 나나호시는 들고 있던 파일을 확인하며 "예,
의뢰 내용을 보면 '오사베 씨에게 나머지 네 사람에게 줄
편지를 전달하고 부원들을 모으게 한다'라고 나와 있네요.
설탕은…… 이건 잘 모르겠지만, 사나다 선생님의 지시였
습니다."

맙소사, 이게 웬 날벼락이야. 오사베는 속으로 구시렁거
렸다.

자신이 과학부 부장이었던 건 맞지만, 그것은 단지 부장을 정하는 단계에서 오사베長部를 뒤집으면 '부장部長'이 된다는 말도 안 되게 단순한 이유로 떠밀렸을 뿐, 성품이 좋다거나 통솔력이 뛰어나서가 아니었다. 오히려 간사 역할이라면 질색이라서 내내 피했었다. 자신은 인망도 없고 사람 사이를 조정하는 역할 따위에 전혀 어울리지 않는다는 걸 스스로도 잘 알고 있었다.

배달하는 건 당신 일이니까 알아서 하라는 말이 목구멍까지 올라왔지만 상대의 기분을 생각해서 참고 삼키는 게 일인 오사베는 편지를 앞에 두고 입을 다물었다.

어떻게 하면 싫은 티를 안 내고 거절할 수 있을지 머리를 쥐어짰다.

"저기…… 죄송한데요. 저는 졸업하고 나서 다른 부원들과 연락한 적이 한 번도 없어서, 딴 애들이 어디에 있는지 몰라요. 제가 불쑥 찾아가면 다들 곤란할 것 같고요. 아르바이트도 있고, 보시다시피 학교도 바빠서…… 아무래도 편지를 전하러 가는 건 어려울 것 같아요…….."

완곡하게 거절했다.

그러자 나나호시는 태연한 얼굴로 "그러시군요. 뭐, 어쩔 수 없죠. 사나다 선생님은 오사베 씨에게 전해달라고 하셨으니까요⋯⋯"라며 깨끗이 물러났다.

살았다, 무사히 벗어난 것 같았다.

그러면 테이블 위에 남은 이 편지들은 어떻게 되는지 궁금했다.

"근데, 이 편지들은 어떻게 하시려고⋯⋯."

나나호시는 "의뢰인이 '오사베 씨에게 전해달라'고 하셨으니까, 다른 분들 편지도 가져가세요" 하며 편지를 모아 오사베 앞에 놓았다.

저기, 잠깐만요⋯⋯.

자기가 죽은 뒤에 전해달라고 했다는 선생님의 마음이 고스란히 담긴 편지 네 통. 이렇게 엄숙한 편지는 버릴 수도 없고 그냥 갖고 있기도 무서웠다. "아, 몰라" 하며 모른 척할 수 있는 성격도 아니었다. 죽기 전에 쓴 편지니까 뭔가 강한 집념이 깃들어 있을 것만 같았다. 이대로 가만히 있으면 선생님 유령이 나타날지도 모른다. 나나호시는 이 야기는 이걸로 끝이라는 얼굴로 인사를 하고 자리에서 일어났다.

자기도 모르게 "잠깐만요"라는 말이 입 밖으로 튀어나왔다.

"딴 애들 정보 같은 거 있어요? 지금 어디에 살고, 어디로 가면 만날 수 있는지……."

나나호시가 웃으며 고개를 끄덕이더니 들고 있던 가방에서 종이를 꺼냈다.

"맞아요. 느닷없이 이런 일이 생기면 난감하실 테니 저희 쪽에서 리스트를 만들었습니다."

다른 부원들의 현재 소속과 주소가 나와 있는 리스트였다. 대충 언제 어디로 가면 만날 수 있는지 등을 조사해서 표로 깔끔하게 정리했다. 불행 중 다행으로 다들 이 지역에 남아 있었다.

나나호시는 "곤란할 때는 언제든지 이쪽으로 연락하세요"라며 연락처를 건네주었다. 연락처가 적힌 명함과 주소 등이 나와 있는 리스트와 편지 네 통을 마주하고 앉은 오사베는 팔짱을 끼고 곰곰이 생각했다.

이제 어떻게든 되겠지…….

간단하게 우편으로 보내버려야겠다고 생각했는데, 자세히 보니 '※주소 확인 요망'이라고 되어 있었다. 우편으로 보냈다가 수취인 불명으로 돌아오거나 그사이 날짜가 지나는 불상사가 생겨 나중에라도 "부장이 실수해서 모임에 못 갔다"라는 원망은 절대로 듣고 싶지 않았다. 설령 전부 제대로 도착하더라도 뜬금없이 이 편지만 딸랑 보내면 상황을 이해하지 못할 수도 있다. 부장인 자신도 도무지 이해가 되지 않았다. 거기다 설탕은 또 뭘까. 부원들이 전화로 "설탕은 뭔데?"라고 묻는 상황도 피하고 싶었다.

어쩌다 내게 이런 일이.

주뼛주뼛 편지 네 통을 모아 구겨지지 않게 클리어 파일에 끼워서 가방에 넣었다.

오사베는 다시 복사기 쪽으로 걸어가며 길게 숨을 내뱉었다.

정말 귀찮은 일에 휘말리고 말았다.

두 번째 인물, 구로세 다카히로

부원 중에서 맨 먼저 구로세 다카히로를 만나러 가기로 한 이유는 다니는 학교가 비교적 가까운 데다 거북한 상대를 우선으로 해치우고 싶은 마음에서였다. 구로세라는 남자에게서 좋은 인상을 받은 적이 없었다.

평소 안 타는 전철 노선에 올라탔더니 괜히 불안했다. 버스로 갈아타야 했는데 평상시 이용하던 시스템과 달라 승차 문 앞에서 꾸물꾸물하다가 시간을 끌었다. 뒤에서 들려온 혀 차는 소리에 기분이 가라앉았다. 거대한 대학 외

관이 눈에 들어왔다. 학교 앞에서 내리는 학생들 사이에
섞여 오사베도 버스에서 내렸다.

천국택배의 나나호시에게 받은 리스트와 구로세에게 전
달할 편지는 클리어 파일 안에 넣어뒀다. 오사베는 교문
옆에서 왁자지껄 떠들어 대며 문을 통과하는 학생들을 쳐
다보다가 어쩌다 이런 일이 생겼을까 하며 오늘만 해도 몇
번째인지 모를 한숨을 내쉬었다.

오사베가 과학부 부원들을 만나러 가기 주저하는 데는
그럴 만한 사정이 있었다.

왜냐하면 과학부는 좌절하고 다른 동아리를 그만둔 사
람, 집단에 소속되지 못한 사람, 다른 동아리에서 문제를
일으키고 추방된 사람 등등 갈 곳을 잃은 문제아와 낙오
자, 한마디로 학교 안의 천덕꾸러기들이 모인 동아리였기
때문이다.

사나다 선생님 역시 마찬가지였다. 고등학생쯤 되면 왠
지 모르게 교사들 사이의 권력관계도 눈에 보이기 마련인
데, 당시 사나다 선생님은 언제나 과학실에만 진을 치고
있어서 교무실에는 그가 있을 곳이 없다는 사실을 어렴풋
이 알고 있었다.

축축한 바위 밑에서 살아가는 벌레 같은 부원들과 음침

한 버섯 같은 고문으로 이뤄진 과학부에 좋은 추억이 있을 리 만무했다. 그랬기에 사나다 선생님이 마음을 담은 친필 편지를 남겼다는 건 더더욱 의외였다. 지금이라도 당장 내던져 버리고 싶었다.

구로세는 미운 오리 새끼들만 모인 과학부에서도 유난히 개성이 강한 캐릭터였던 터라 오사베는 구로세라면 넌더리가 났다. 터무니없는 말을 쉴 새 없이 떠들어 대던 수상한 인물. 항상 학급과 동아리의 권력자 옆에 딱 달라붙어서 알랑거렸는데, 힘 있는 애들끼리 대립할 때 양쪽을 왔다 갔다 하며 회색분자 짓을 하다가 결국 두 세력 모두에게 버려지는 바람에 갈 곳이 없어서 과학부에 들어오게 된 사연이 있었다.

오사베가 구로세라면 질색하는 데는 동족 혐오라는 이유도 있었다. 모두와 사이좋게 지내고 싶었지만 어디에도 끼지 못하고 외톨이 신세로 지내는 건 오사베도 비슷했다. 오사베는 반 아이들 모두와 두루두루 잘 지내고 싶어서 눈치를 살피고 억지웃음을 지었다. 조금 더 말주변이 좋거나 적극적이었더라면 구로세처럼 됐을지도 모른다고 생각하니 자신을 보는 듯해서 혐오스러웠다.

그렇지만 마음에 안 든다는 이유로 구로세만 빼고 편지

를 전달할 수는 없는 노릇이었다. 나나호시에게 받은 리스트를 한 손에 들고 넓은 캠퍼스를 지나 구로세가 있다는 대강의실로 갔다.

여자가 많은 오사베네 학교와 달리 남학생 비율이 높아서 조금 긴장했다. 2층으로 올라가서 학생들 가운데 포동포동하고 파스텔 톤 옷을 입어 괜히 다정해 보이는 한 여학생을 골라 말을 걸었다.

"실례합니다. 이 학부 2학년이라고 들었는데요. 구로세 다카히로라는 사람을 찾고 있어요⋯⋯."

"적당히 좀 해요!"

상대가 돌연 불같이 화를 내서 심장이 멎을 뻔했다.

"우리는 세미나 같은 거 안 간다니까요! 큰돈 버는 것도, 연예인 얘기도, 전혀 관심 없다고요!" 근처에 있던 학생들이 무섭게 쏘아보았다. 강의실로 들어오던 학생들도 이쪽을 흘끔흘끔 곁눈질했다.

"아니, 그런 거⋯⋯ 아니에요. 저는 편지를 전달해 달라는 부탁을 받아서 왔지, 그쪽 관계자가 아니에요. 진짜 아니에요."

필사적으로 사정을 설명하는 사이 구로세의 상황을 대충 파악했다. 슈크림과 아기 토끼를 좋아하고 한없이 부드럽고 다정해 보이는 여자들이 한판 붙고 싶냐는 표정을 짓고 있었다. 웬만한 일로 이 정도의 미움을 사기란 불가능하다.

"구로세와는 안 엮이는 게 좋아요. 절대로!" 원망까지 얹어서 울컥 토해내고는 자리를 떠났다. "그 자식 잡혀가야 정신 차리지"라고 악담을 퍼붓는 사람도 있었다.

대체 구로세는 여기서 무슨 짓을 저질렀을까…….

대강의실을 유심히 살펴보니 머리를 하늘색 앵무새처럼 화려하게 물들인 뒷모습이 시야에 들어왔다. 끊임없이 손짓 몸짓을 해가며 다른 학생들에게 뭐라 뭐라 제안하고 있었다.

"꿈을 현실로 만들자!", "최소한의 힘으로 '인생에 지렛대의 원리'를 이용하자", "전 세계의 거물들을 만나는 거야!", "네트워크야말로 힘! 네트워크야말로 파워!", 혼자 일방적으로 떠들어 대는 목소리가 묘하게 밝았다.

알맹이 없는 헛소리를 계속 지껄여 대는 걸 보니 구로세가 분명했다. 사람 성격 쉽게 안 바뀐다는 생각에 짜증이 확 밀려왔다.

구로세의 이야기를 듣고 있던 사람들이 도망치듯 사라진 틈을 노려 말을 붙였다.

"구로세, 오랜만이야."

앵무새 머리의 구로세가 돌아보더니 입으로는 "아. 어. 오랜만이다. 근데, 여긴 어쩐 일이야?"라고 했지만 눈을 끔뻑끔뻑하는 걸 보면 이름이 떠오르지 않는 모양이었다.

"오사베야. 고등학교 때 과학부 부장이었는데."

구로세는 이제야 생각났다는 듯이 큰 소리로 아아 하더니 "맞다, 부장, 오랜만이다. 어, 근데, 왜 여기 있는 건데?"라고 물었다. 오래간만에 예전처럼 '부장' 소리를 들었다.

짧게 요약해서 천국택배를 통해 사나다 선생님의 편지를 전달받은 경위를 밝혔다. 자기가 이 강의실에 있는 건 어떻게 알았냐고 물어서 나나호시에게 받은 리스트를 보여주었다. 구로세는 그 종이를 찬찬히 들여다보다가 "이야, 조사를 아주 제대로 했네, 다른 애들 정보도 그렇고"라며 감탄했다.

돌아가신 사나다 선생님이 부원 한 명 한 명 앞으로 편지를 남겼다고 말하고 구로세 몫의 편지를 건넸다.

봉투를 열고 편지를 읽던 구로세의 입에서 맨 먼저 나온 말은 "뭐야, 이게"였다. 내가 묻고 싶은 말이라고. 예상했던 대로 구로세도 편지를 읽고 당황한 눈치였다.

구로세는 "3월 20일이라……" 하며 수첩을 펴서 날짜를 확인했다.

"사나다 선생님이 돌아가신 것도 안타깝고, 명복을 빌어주고 싶은 마음은 굴뚝같지만 3월 20일에는 세미나가 있는데, 어쩌나. 내가 좋아하는 연예인도 만날 수 있는 엄청나게 큰 행사라서, 거기 가서 내 얼굴을 알리는 게 꿈이었거든. 드디어 등급이 올라서 겨우 참석할 수 있게 됐는데. 아, 맞다, 지금 티켓이 두 장 있는데, 싸게 줄 테니까 너도 같이 안 갈래?" 오사베는 단호하게 뿌리쳤다.

이걸로 부원에게 편지를 전달하는 임무를 마쳤다. 얼른 돌아가자. 오사베가 그렇게 생각하며 자리에서 일어나 "그럼, 갈게"라고 인사하려던 찰나였다.

"……어린이용 비닐 풀장. 지름 1미터 이상."

구로세가 혼잣말을 흘렸다.

무슨 말인가 싶어 구로세의 얼굴을 쳐다보자 여기를 보라며 편지를 내밀었다. 준비물에 '어린이용 비닐 풀장, 지름 1미터 이상'이라고 똑똑히 적혀 있었다.

오사베의 준비물은 '설탕 1킬로그램'이었다. 아무래도 각자 준비물이 다른 모양이었다.

"내 편지에는 설탕 1킬로그램이라고 나와 있는데" 하며 구로세에게 편지를 보여주었다.

"워우, 사나다 선생님은 비닐 풀장과 설탕으로 뭘 하고 싶었을까? 다 같이 풀장 안에 들어가서 설탕 먹는 모임이라도?"라고 구로세가 엉뚱한 소리를 했다. 어처구니가 없었다.

갑자기 호기심이 샘솟았다. 편지를 꼼꼼히 읽어봐도 준비물이 왜 필요한지는 나와 있지 않았다. 분명 다섯 명이 준비물을 갖고 모이면 밝혀질 것 같았다.

그나저나 비닐 풀장과 설탕으로 할 수 있는 일이 뭐가 있을까.

구로세가 "부장, 여기서 다른 애들 편지도 뜯어보고 준비물이 뭔지 확인해 보자"라며 입맛을 다셨지만 "그건 안돼" 하고 매몰차게 거절했다.

"난 그날 못 가지만 다른 애들 준비물은 뭔지 궁금해 죽겠단 말이야. 사나다 선생님이 3월 20일에 하려던 일이 뭘까. 알게 되면 가르쳐 줘."

오사베도 똑같이 궁금했다. 그날 제방에서 사나다 선생님은 뭘 하고 싶었던 걸까.

"근데 왜 '어린이용 풀장'일까. 구로세, 혹시 생각나는 거 없어?"

"글쎄, 왜지……." 잠깐 생각에 잠겼던 구로세가 냅다

고개를 들더니 오사베에게 시선을 보냈다. "앗, 생각해 보니까, 나한테 어린이용 풀장이 있어."

오사베는 의외라고 생각했다. "아니, 구로세, 너한테 그렇게 어린 동생이 있었어?" 구로세와 어린아이라니 도저히 연결되지 않았다. 어린이용 풀장은 유치원생이나 초등학교 저학년이 들어가서 노는 거니까 구로세의 동생치고는 너무 어렸다.

"고등학생 때 근처 막과자 가게에서 아르바이트를 했거든. 동네 애들을 모아서 한 번에 100엔씩 받고 풀장에서 놀게 해줬어. 파도치는 풀장이라며 빙빙 돌려주면서. 이래 봬도 내가 애들이랑 잘 놀거든."

구로세가 옛날을 그리워하는 표정을 지었다.

"그거, 사나다 선생님한테 말한 적 있어?"

"말했나…… 기억 안 나는데…… 아냐, 했었나……"라며 구로세는 또다시 생각에 빠졌다. "아무튼 부장, 그날 풀장 필요하면 말해. 우리 집에 있으니까."

"근데, 이제 그 풀장 아르바이트 안 해?"

구로세가 픽 코웃음을 쳤다.

"무슨 소리야, 부장. 사람은 100엔짜리 자잘한 비즈니스 말고 큰 비즈니스를 해야지. '인생은 지렛대의 원리'라고."

"인생은 지렛대의 원리?"

"내가 만든 명언. 유명해졌을 때 그런 명언이 몇 개 있으면 좋겠다 싶어서. 인생은 지렛대의 원리다, 구로세 다카히로."

구로세는 턱에 손을 대고 일부러 멋진 표정을 지으며 먼 곳을 바라보았다.

돌아오는 길에 구로세는 준비물에 관한 수수께끼가 풀리면 알려달라고 채팅 앱 아이디를 끈질기게 물어왔다. 안 가르쳐 주려고 끝까지 버텼지만 결국 굴복하고 말았다. 싫지만 어쩔 수 없었다.

구로세와 같이 있다 보니 기가 빨리는 느낌이었다.

구로세는 한결같았지만, 한 가지 마음에 걸리는 일이 생겼다.

아무래도 준비물이 각자 다른 것 같았다.

사나다 선생님은 3월 20일에 대체 뭘 하고 싶었던 걸까.

세 번째 인물, 이케다 나오코

구로세는 채팅 중독자처럼 '굿모닝, 부장!', '새 명언을 만들었는데 들어볼래?', '매일 충실한 삶! 거물과 아침 모임 중!', '오늘 목표 성취율 30퍼센트', '오늘의 패션과 오늘의 독서' 등등 툭하면 문자를 보내와서 사람을 질리게 했다.

'오늘은 두 번째로 이케다 나오코를 만나러 갈 거야'라고 문자를 보내자 준비물이 뭔지 나중에 꼭 가르쳐 달라며 귀찮게 굴었다.

왜 그렇게 준비물에 집착하냐고 물었더니 답장이 왔다.

'요즘 세상에는 수수께끼가 없잖아. 검색만 하면 게임 내용도 바로 나오고, 애니메이션은 해설까지 해주는 사이트도 있고, SNS에는 영화나 드라마의 결말이 마구 돌아다녀. 그렇지만 이 수수께끼는 우리가 풀지 않으면 영영 수수께끼로 남잖아. 아무도 결말을 모른다고. 가슴이 두근거려서 참을 수가 없어.'

사나다 선생님이 돌아가셨는데 가슴이 두근거린다니. 이 녀석은 정말 조심성이 없다고 혀를 찼지만 오사베 역시 수수께끼를 풀지 않고 남겨두려니 영 마음이 찜찜했다.

천국택배의 나나호시에게 받은 리스트를 살펴보다가 이케다 나오코가 전문학교를 휴학하고 지금은 거의 집에서만 생활한다는 내용을 발견하고 눈을 부릅떴다.

솔직히 오사베는 이케다도 좋아하지 않았다. 아무도 이

케다의 목소리를 들어본 적이 없다고 할 정도로 과묵하고, 고케시 인형[*]처럼 턱선 길이로 짧게 자른 머리를 앞으로 푹 숙인 채 책만 보는 애였다. 책을 보고 있을 때도 독서를 즐긴다기보다는 자기 얼굴 앞에 책을 세워서 사람들이 다가오지 못하도록 장벽을 치고 있는 느낌이었다.

책을 많이 읽으니까 굉장히 똑똑할 줄 알았는데 성적은 거의 최하위였고, 성적이 나쁜 애들을 모아놓은 보충 수업에 꼭 껴 있었다. 공부도 못하고 어둡고 말도 안 하고 특기도 없고 존재감도 없어서, 괴롭힘이나 험담의 대상조차 되지 못하는 유령 같은 애였다. 굳이 그런 이케다와 어울리려는 사람은 없었다. 과학부에서도 말을 거의 하지 않았다. 오사베도 친해지고 싶은 마음이 손톱만큼도 없었다. 상대방도 마찬가지였겠지만.

어쩌면 이번에 처음으로 이케다와 제대로 대화를 나누게 될지도 모른다. 입을 꾹 다물고 있는 사람을 상대로 이 편지에 관해 어떻게 이야기를 꺼내야 할지 생각하니 울적해졌지만 일단 주소에 의지해서 찾아가 보기로 했다.

버스가 언덕 위로 올라가자 집과 집 사이가 멀어지면서

---

[*] 손발이 없고 원형 몸통과 짧은 머리만 있는 목각 인형.

고급 주택가가 등장했다. 높은 벽에 둘러싸인 요새 같은 집이 쭉 늘어서 있는 걸 보니 이 부근에 이런 동네가 있었구나 싶어 내심 놀라움을 감출 수 없었다. 서민 동네와 달리 인기척이 전혀 느껴지지 않았다. 구로세도 이케다가 사는 데를 궁금해하길래 가르쳐 줬더니 '와, 부자였구나'라며 돈 모양 이모티콘을 잔뜩 넣은 답장을 보내왔을 뿐, 동행할 마음은 없는 듯했다.

버스에서 내려 이케다네 집 앞에 서자 대문 너머로 으리으리한 저택이 눈에 들어와서 감탄사가 절로 나왔다. 널찍한 정원도 낙엽 하나 보이지 않을 정도로 말끔히 손질되어 있었다. 의외라고 하면 미안하지만, 늘 눈이 풀려 있던 이케다의 모습에서는 상상도 할 수 없는 저택이었다.

초인종에서도 고급스러운 소리가 났다.

수상하게 여길지도 모르겠다고 생각하며 "고등학교 때 과학부 부장이었던 오사베입니다. 고문이었던 사나다 선생님의 편지를 이케다 나오코에게 전해주려고 왔습니다"라고 연습했던 대로 읊었다.

안에서 붙임성이 좋아 보이는 어머니가 나왔다. 처음 만났는데 어머니인지 어떻게 알았냐고 묻는다면, 헤어스타일이 독특한 목각 인형을 닮은 이케다와 똑같았기 때문이다. 그리고 보니 얼굴도 붕어빵처럼 닮았다.

오사베는 잘됐다, 편지를 어머니에게 전해주고 바로 돌아가야겠다, 라고 생각했지만 어머니가 "어머나, 어서 와요. 괜찮으면 차라도 한잔하고 가요" 하며 만면에 미소를 머금고 집 안으로 끌어들이는 바람에 거절도 못 하고 응접실의 고급스러운 소파 등받이에 몸을 맡기고 앉게 되었다.

응접실에는 유리로 만든 버섯 모양 램프와 대리석 장식물과 대형 유화 등 보통 가정집에선 좀처럼 볼 수 없는 미술품이 여럿 놓여 있어서 시선을 어디에다 둬야 할지 몰라 당황스러웠다.

어머니가 한눈에 알아볼 수 있는 고급 홍차 세트를 들고 돌아온 것과 동시에 이케다도 응접실에 얼굴을 내밀었다. 입고 있는 옷과 머리 모양이 소름 끼치도록 어머니와 똑같았다. 이케다는 멍하고 생기가 없는 얼굴로 이쪽을 향해 어정쩡하게 눈인사를 했다. 놀랍게도 고케시 인형을 연상케 했던 독특한 머리 모양과 체형까지 모든 면이 고등학교 시절 그대로였다. 이케다 주변에만 시간이 멈춘 듯했다.

잠자코 있으려니 어색해서 "아아, 이케다, 참…… 오랜만이야" 하고 말을 건넸다. 이케다는 고개를 살짝 끄덕이고는 어머니 옆에 앉았다. 그렇게 앉아 있으니 한쪽만 저주를 받고 나이를 먹은 쌍둥이 같았다.

어머니가 설탕에 절인 과자를 권하길래 입에 넣었다.

오사베가 고문이었던 사나다 선생님이 돌아가셨다는 말을 꺼내자마자 어머니는 "어머 저런, 선생님이 몇 살이었더라. 참, 내 지인 아들도 그만 암에 걸려서……"라며 생판 모르는 사람의 투병 생활 이야기를 상세히 들려주었다. 그 사람이 힘들었겠다는 것도 이해하고 안쓰러운 마음도 들었지만 지금은 그런 이야기를 들으러 온 게 아니었다. 심지어 전혀 모르는 사람이다.

오사베는 "그랬군요"라며 어머니가 한숨 돌리는 틈을 타서 화제를 돌리는 데 성공했다. 먼저 "이게 그 편지예요"라면서 테이블 위에 편지를 올렸다. "나오코, 선생님 편지래. 사나다 선생님께서 마음을 많이 써주셨구나. 너를 과학부에 들어오라고 한 사람도 사나다 선생님이셨잖니. 알다시피 얘는 너무 조용하고 말이 없어서 걱정을 얼마나 많이 했는지 몰라. 유치원 때도 말이지……" 하며 어릴 때부터 내성적이었던 딸 때문에 부모로서 걱정이 이만저만 아니었다는 에피소드를 들려주었다. 에피소드가 1화부터 9화까지 이어졌을 즈음, 오사베는 이 편지에 관한 설명을 무사히 마칠 무렵이면 한밤중이 되고도 남겠다는 걱정이 들었다. 홍차도 한참 전부터 식어 있었다.

어머니는 숨 쉴 시간도 아깝다는 듯이 속사포처럼 말을 쏟아냈지만, 정작 당사자인 이케다는 테이블 위의 편지만 멍하니 쳐다보고 있었다.

"그래서, 3월 20일 말인데요" 하며 억지로 모임 이야기를 끼워 넣었다.

"어머나, 어머나, 이를 어쩌나. 우리 나오코는 모임 같은 건…… 별로 안 좋아해서 안 가고 싶어 하거든. 안 갈 거지? 그치? 안 갈 거지? 그래, 안 갈 거잖아. 애가 내성적이라서 참 큰일이야…… 미안해서 어쩌나." 이케다는 어머니가 쉬지 않고 이야기를 펼쳐나가는 동안 한마디도 섞지 않는 건 물론이고, 고개를 끄덕인다거나 그 어떤 의사 표시도 하지 않았다. 그저 제사 지내는 사람처럼 멀뚱히 옆에 앉아 있을 뿐이었다.

"저기, 이케다." 오사베가 이름을 불렀다.

"응."

"아니, 어머님 말고 따님이요. 이 편지를 읽어봐, 지금" 하며 강제로 어머니의 말을 자르고 이케다에게 직접 편지를 내밀었다.

이케다는 한순간 머뭇머뭇 어머니 눈치를 보다가 편지

를 받아 들고 봉투를 열었다.

"이케다. 뒷장도 읽어봐."

그런데 이케다의 편지는 두 장이 아니라 세 장이나 됐다.

"세 장? 다른 사람들은 두 장씩이었는데."

이케다가 그중 한 장을 책상 위에 살며시 내려놓았다.

알 수 없는 숫자와 세밀한 도형이 빽빽하게 차 있었다. 사나다 선생님이 펜과 자와 컴퍼스 따위를 사용해서 직접 그린 설계도 같았다.

어머니가 뭐라 뭐라 했지만 못 들은 척하며 이케다에게 말했다. "있잖아, 내 준비물은 설탕이야. 구로세는 어린이용 풀장이고. 넌 그 설계도. 사나다 선생님이 3월 20일에 뭘 하려고 하셨던 것 같아?"

어머니가 또 끼어들려고 해서 "죄송해요" 하고 손으로 막았다. "이건 이케다와 과학부 부장이었던 저에게 중요한 일이에요. 죄송하지만, 어머님은 자리를 좀 비워주실래요?"

오사베는 말을 마친 후에야 자신이 남에게 이렇게 확실하게 말한 것도, 거부한 것도 난생처음 있는 일이라는 사실을 알아차렸다.

어머니의 목소리 톤이 두 단계 정도 내려갔다.

"그렇지만 나오코는 내가 없으면 다른 사람과 대화를 못 하거든. 그래서 내가 항상 이렇게 대신 말해주는 거야. 봐, 지금도 입을 다물고 있잖아. 얘는 내가 없으면 안 된다니까."

"아니에요, 그렇지 않아요. 과학부에서는 저랑 수다도 떨고 그랬으니까 괜찮아요. 신경 안 쓰셔도 돼요. 어서요" 하고 거짓말을 했다.

어머니는 못내 섭섭해하며 응접실을 뒤로했다.

문이 닫히자마자 후유, 숨을 내쉬었다. 보니까 이케다의 입에서도 동시에 한숨이 새어 나왔다. 타이밍과 길이가 완벽하게 일치하자 두 사람의 눈이 마주쳤다. 살짝 웃음을 지었다. 이케다도 웃고 있었다. 오사베는 그럴 만하다고 생각했다. 방금까지 이 방에는 산소가 부족한 느낌이었다. 처음 만나서 몇십 분만 같이 있어도 이렇게 힘든데 엄마와 딸이니까 훨씬 더 답답하겠지. 이케다의 눈에 초점이 없는 것도 이해가 갔다.

생기를 빼앗긴 것처럼 머리도 정신도 피곤했지만, 자기까지 덩달아 멍해지면 안 될 것 같아 마음을 다잡았다. 곧바로 본론으로 들어갔다.

"저기, 이케다, 넌 알겠어? 이게 무슨 설계도인지."

이케다의 눈동자에 살며시 빛이 감돌았다.

"이건, 아마…… 연이야."

드디어 이케다의 목소리를 들었다.

"연? 연꽃 할 때 연이 아니라, 하늘에 날리는 그 연?"

고개를 위아래로 움직였다.

"너 연날리기 좋아해?"

이케다가 고개를 흔들었다.

"선생님이랑 연에 관해 이야기한 적은?"

이케다는 이번에도 고개를 옆으로 저었다. 이케다가 보여준 설계도에 나와 있는 연은 보통 연과 다르게 마름모꼴과 곡선이 섞여 있어서 입체적이고 생긴 것도 특이했다.

"엄청나게 큰 연이야. 접어서 운반하더라도 족히 1미터는 넘을걸?"

1미터가 넘는 연을 눈앞에 그려보았다. 한 번도 본 적이 없다. 대형 연은.

"근데 설계도로…… 연을 만들 수 있어?"

"이 설계도만 있으면" 하고 이케다가 대답했다. 늘 나사 하나가 빠져 있는 것 같았던 이케다가 딱 잘라 말해서 조금 놀랐다.

"지금까지 확인된 준비물은 거대한 연과 설탕과 어린이

용 풀장인데. 사나다 선생님이 3월 20일에 뭘 하려고 했는지 알겠어?"

이케다는 잠시 고민하는 기색을 보였다.

"몰라…… 근데…… 궁금하긴 하다."

이케다의 입에서 인간미가 풍기는 말을 들은 건 그때가 처음이었다.

"어떡할래? 3월 20일에."

이케다는 가만히 생각에 잠겼다.

"내가 외출하면 엄마가 화내고, 전화도 계속 걸고, 이래저래 귀찮아져서…… 난 못 가."

"그래. 그러면 어쩔 수 없지. 난 그만 가야겠다."

어머니를 생각하니 단번에 이해가 돼서 물러나려다가 그래도 한번 매달려 보기로 했다.

"근데, 이케다. 내 생각에는, 그날 우리가 다 모이면 수수께끼를 풀 수 있을 것 같아. 지금 이 세상에는 수수께끼가 하나도 없잖아. 애니메이션이고 영화고 검색만 하면 스포일러와 해설을 얼마든지 찾을 수 있지만, 우리가 나서지 않으면 이 수수께끼는 영원히 풀리지 않아. 난 알고 싶어. 사나다 선생님이 죽기 전에 우리에게 남긴 수수께끼가 뭐였는지."

구로세에게 들은 말을 그대로 옮겼다.

이케다는 조금 어두워진 얼굴로 어떻게 할지 고심했다.

"그치만, 엄마가 안 된다고 하면 내 마음대로 할 수 있는 게 없어. 못 가. 미안해."

더는 말이 나오지 않았다. 아쉽지만 포기해야 했다.

이케다가 현관 앞까지 배웅하러 나왔고, 어머니는 아까 일로 기분이 상했는지 나와보지 않았다. 이케다가 희미하게 손을 흔들고 돌아서자 육중한 대문이 닫혔다.

오사베는 앞을 향해 걸어가다가 다시 뒤돌아서서 이케다네 집을 올려다보았다.

이케다는 "안 가"가 아니라 "못 가"라고 했다.

보면 볼수록 저택은 으리으리했고 한적한 주택가에 있어서인지 아무 소리도 들리지 않았다. 대저택과 애정이 넘치는 어머니, 얼핏 보기에는 행복의 요소가 모두 갖춰진 듯 보인다. 무엇 하나 부족한 것 없는 부잣집에 살지만, 그 안에서 이케다는 공허한 눈빛으로 장식품처럼 가만히 앉아만 있다. 어머니와 똑같은 옷을 입고 똑같은 머리 모양을 하고서.

지금까지 이케다를 멍청하고 아무 생각이 없는 애라고 생각했다.

—애는 내가 없으면 안 된다니까.

그렇지 않다고 반사적으로 받아쳤다.

안 되긴 뭐가 안 돼?

아직 불만이 가시지 않고 남아 있었다.

똑같은 옷에 똑같은 머리 모양을 한 어머니와 온종일 한 집에 있는 모습을 상상했다. 앞으로도 이케다는 평생 그렇게 살아야 하는 걸까.

지금까지는 책만 읽는 어둡고 이상한 애인 줄 알았지만, 어쩌면 외부 정보를 차단하며 자신을 지키고 있는지도 모른다는 생각이 처음으로 들었다.

오사베는 이케다의 집을 나서며 "선생님이 뭘 하고 싶었는지 알게 되면 나중에 알려줄게"라고 말하려다가 그만두었다.

지키지도 못할 약속을 가볍게 해서 이케다에게 헛된 희망을 안겨주는 건 너무 잔혹한 일인 것 같았다.

오사베는 한동안 이케다네 집을 물끄러미 바라보았다.

준비물은 설탕과 어린이용 풀장과 대형 연. 나머지 두 사람의 준비물이 밝혀지면 선생님의 의도를 파악할 수 있겠지만, 지금으로선 도무지 감이 잡히지 않았다.

'이케다는 어땠어?', '부장, 어땠냐니까', '준비물은 뭐였어?' 구로세는 지치지도 않고 문자 폭탄을 보냈다.

'이케다의 준비물은 대형 연이었어'라고 대답하자 '연? 웬 연?' 하며 또 문자가 왔다. 나도 궁금하다고.

하는 수 없이 문자를 입력했다. '수수께끼를 풀 수 있을 거라 기대했는데, 세 번째 준비물 때문에 더 아리송해졌어. 근데 왜 연일까? 심지어 시중에 파는 연이 아니라 선생님이 그린 설계도대로 만들어야 하는 연이야.'

한참 있다가 '아, 그건 알 것 같아'라는 답장이 도착했다. '내 선택 과목이 미술이었는데, 이케다도 미술이었거든. 걔가 멍해 보여도 손재주가 장난 아니야. 입체 모형도 어마어마했다니까. 그래서 학교도 디자인 계열로 갔을걸?'

수다쟁이에 정보통 아니랄까 봐 아주 훤히 꿰고 있었다.

'부장, 그러니까 이 준비물에는 분명 특별한 의미가 있을 거야. 만약에 나한테 설계도가 왔으면 난 절대 못 만들거든.'

그렇다면 사나다 선생님은 이케다가 손재주가 좋다는 사실을 미리 알고 있었을 가능성이 크다.

'그렇구나. 그래서 아까 이케다가 만들 수 있다고 바로 대답했구나.'

사나다 선생님이 우리에게 남긴 수수께끼가 과연 무엇인지 점점 더 궁금해졌다.

네 번째 인물, 후쿠이에 하루카

오늘도 구로세가 시답잖은 문자를 보내길래 '오늘은 후쿠이에를 만나러 갈 건데. 같이 안 갈래?'라며 장소를 첨부한 답장을 보냈다. 그러자 곧바로 '걔는 무서워'라는 짧은 문자가 도착했다. '뭐 어때, 같이 가서 세미나 권유라도 하면 되잖아?'라고 했더니 '안 돼, 후쿠이에는 살벌하단 말이야. 아마 걔네 부모님도 그쪽일걸? 뭐냐…… 조폭 같은 거'라고 답장이 돌아왔다.

두 명에게 편지를 전달하고 탄력이 붙은 것 같아서 아르바이트도 없겠다, 오늘은 기필코 후쿠이에 하루카를 만나러 가야겠다고 마음먹었지만 긴장한 탓인지 심장이 쪼그라들었다. 천국택배의 나나호시에게 받은 리스트에는 후쿠이에 하루카가 편의점에서 아르바이트를 한다는 내용과 함께 편의점 주소와 출근 요일이 나와 있었다.

사실 오사베가 가장 만나고 싶지 않은 사람이 바로 후쿠이에였다. 그냥 무서웠다.

후쿠이에가 격분하면 무슨 짓을 저지를지 모른다는 소문이 있었는데, 소문으로만 끝나지 않고 실제로 사건이 일어났다. 원래 속해 있던 동아리에서 싸움이 붙어 동아리방을 엉망으로 만들었을 뿐만 아니라 상대 여자애를 때린 것이다. 뒤에서 험담이나 하고 말다툼이나 벌이는 게 보통인 여자들 싸움에서 폭력을 쓴다는 건 평범한 일이 아니다. 너무 난폭하다.

맞은 애의 상처가 가볍지 않아서 원래는 경찰을 불러 상해 사건으로까지 번질 뻔했지만, 고등학교 2학년 3학기[✦]라는 미묘한 시기에 사건이 터졌다는 이유로 학교 측이 개입해서 무마했다. 결국 후쿠이에는 동아리에서 쫓겨나고 근신 처분을 받았다.

후쿠이에가 다시 등교했을 때는 아무도 말을 붙이지 않았다. 과학부 모임 첫날, 뒤늦게 후쿠이에가 나타나자 과학실 안에 기이한 침묵이 흘렀다. 쉼 없이 떠들어 대던 구로세조차 알아서 입을 다물었다.

✦ 대부분의 일본 학교는 3학기제를 채택하며 보통 1월부터 3월이 3학기에 해당한다.

오사베는 부장이었지만 후쿠이에와는 되도록 눈이 마주치지 않으려고 조심했고, 그가 옆에 있기라도 하면 죽은 듯이 얌전히 지냈다. 그런 사정으로 이케다처럼 후쿠이에와도 거의 말을 섞지 않았다.

제일 붐비는 점심시간이 지나서인지 후쿠이에가 일하는 편의점 안은 한산했다. 오늘은 출근하는 날이라고 했는데 후쿠이에가 보이지 않았다. 어쩔 수 없이 계산대에 있는 점원에게 말을 걸었다.

"안녕하세요, 저는 후쿠이에 하루카의 고등학교 동창 오사베라고 합니다. 전해줄 게 있어서 왔는데, 혹시 오늘 쉬는 날인가요?"

그러자 점원이 뒤쪽을 향해 "후쿠이에" 하고 불렀다. 마침 휴식 시간이었나 보다.

오랜만에 만난 후쿠이에는 눈 화장 때문인지 예전보다 훨씬 어른스러워 보였다. 양해를 얻어 가게 한쪽에서 편지를 건네 읽게 하고 3월 20일에 올 수 있는지 물었다.

"못 가."

후쿠이에가 빛의 속도로 거절했다. 진짜 단호해서 이상한 데서 감탄이 절로 나왔다.

편지지를 빤히 들여다보던 후쿠이에가 끝부분을 읽다가

"하아?" 하고 언짢은 소리를 냈다. 아, 깜짝이야. 역시 살벌하다. 얼굴은 평범한 여자애지만 태도는 불량스러웠다.

"카메라와 삼각대?"

눈을 치뜨고 째려보았다.

"모, 몰라. 선생님이 쓴 거야. 난 설탕, 구로세는 어린이용 풀장, 이케다는 하늘에 띄우는 연, 준비물이 다 달라. 무슨 뜻인지는 나도 모르지만." 단숨에 대답했다.

"이제 카메라는 손도 대기 싫어."

후쿠이에가 혀를 끌끌 찼다. 맞다, 후쿠이에가 원래 있던 동아리가 사진부였지.

그 사진부가 표창장도 여러 번 받고 전국에서 명성을 날리던 동아리였다는 건 오사베도 익히 알고 있었다.

후쿠이에는 사진부에서 말썽을 일으켰다. 폭력 사건을.

"사나다 선생님한테 카메라 얘기를 한 적 있어?"

"내가 그런 얘기를 왜 하냐? 뭐, 선생들 사이에서 겉도는 사람이라 해도 교사는 교사니까, 사건 경위 정도는 파악하고 있대도 이상하지는 않지."

"근데 접이사다리를 휘두르며 동아리방을 때려 부수고, 싸움이 붙었던 애도 팼다면서?"라고 물어보지는 못했다. 침묵이 무서워서 무슨 말이든 해야겠다고 생각했다.

"저기, 후쿠이에. 한 명 한 명 준비물이 다 다른 걸 보면 무슨 의미가 있지 않을까? 우연이라고 생각해?"

"알 게 뭐야."

각자 준비물이 다른 이유는 뭘까. 어째서 후쿠이에는 카메라일까. 혹시라도 이유가 있다면 오사베는 그게 뭔지 꼭 알고 싶었다.

"후쿠이에, 카메라는 전부 처분했어?" 하고 물었다. 만약에 자기가 세운 가설이 맞다면, 후쿠이에는 지금도 카메라를 갖고 있어야 했다.

후쿠이에는 한 박자 뜸을 들이다가 "……한 대 남아 있어"라며 들릴락 말락 하는 목소리로 중얼거렸다.

그 말이 단서라도 됐는지 후쿠이에가 "겉옷만 걸치고 바로 나갈 테니까, 밖에서 기다려. 아직 쉬는 시간 30분 남았거든" 하고 말했다.

오사베가 세운 가설이란, 선생님은 예전 부원들에게 무작위로 준비물을 갖고 오라고 하지 않았으며 준비물 자체에 의미가 있다는 것이었다. 자신이 왜 설탕인지는 모르겠지만, 어린이용 풀장과 대형 연은 왠지 그런 느낌이 들었다. 선생님은 자신에게 카메라를, 후쿠이에에게 설탕을 지시하지 않았다. 역시 그 나름의 의도가 있어 보였다.

편의점 앞에서 기다리고 있자니 유니폼 위에 코트를 걸친 후쿠이에가 나왔다. 턱짓으로 편의점 앞 공원을 가리켰다. 주머니에서 밀크커피 캔을 꺼내 아무 말 없이 하나 건네주었다. 방금 편의점에서 샀는지 캔을 어루만지자 손끝에 온기가 느껴졌다.

"고마워."

후쿠이에는 가까이서 보니 치아 교정 중인지 앞니에 교정기가 걸려 있었다.

"어쩌면 사나다 선생님이 준비물에 카메라라고 쓴 건, 내가 예전에 겪었던 일과 관계가 있을지도 모르겠어."

후쿠이에는 그렇게 말문을 열며 벤치에 앉더니 캔을 따서 커피를 한 모금 마셨다. 고등학교 시절의 일을 띄엄띄엄 늘어놓았다.

"이래 봬도 사진부에서는 꽤 성실하게 활동했었어. 부원들끼리 서로 사진도 자주 찍어주고, 문화제 때는 카메라를 들고 다니면서 기록용과 작품용 사진을 많이 찍었지. 사진부에서 제일 실력이 좋은 애가 문화제 때 내 사진을 찍어줬어. 내가 다코야키를 먹고 있는 사진."

오사베도 그 사진을 본 기억이 났다. 전국 대회에서 꽤 큰 상을 받고 신문과 잡지에도 크게 실렸던 사진이다. 학교 게시판에 그 사진을 다룬 잡지와 신문 기사가 자랑스럽게 붙어 있던 장면이 어렴풋이 떠올랐다. 사진에서 후쿠이에는 입을 쩍 벌리고 당장이라도 다코야키를 집어삼킬 듯한 표정을 짓고 있었다. 박력 넘치는 그 사진을 보고 있으면 저절로 웃음이 흘러나왔고, 아무것도 모르는 자신이 봐도 참 멋진 사진이다 싶었다.

"공모전에 낼 사진이 필요하다면서 좀 더 멀쩡하게 웃는 사진이랑 입을 크게 벌린 사진, 그렇게 두 장을 찍었는데 공모전에는 멀쩡하게 웃는 쪽을 내고 싶다고 해서 그러라고 했어.

그런데 막상 뚜껑을 열어보니까 공모전에 응모한 건 입을 크게 벌리고 있는 사진이더라. 그 사진으로 대상까지 받았어. 대상은 진짜 어마어마한 거거든, 야구로 치면 전국 고교 야구 대회에서 우승한 거랑 마찬가지야. 내 얼굴이 너무 우스꽝스럽게 나온 것 같았지만, 내가 공모전에 내더라도 입을 벌리고 있는 사진을 선택했을 거니까, 그건 상관없었어. 근데."

후쿠이에는 손에 쥔 캔 커피로 시선을 떨어뜨리며 미간을 일그러뜨렸다.

"심사위원 총평에서, 사진업계에서 일인자로 통하는 유

명 코미디언이 이런 식으로 칭찬했어. '이 사진의 최고 장점은 사진에 찍힌 여학생의 치아가 삐뚤삐뚤하고 젓가락질도 엉망이라는 점이다. 인생의 진실성이 드러난다는 점에서 높이 평가한다.'"

그 코미디언은 오사베도 아는 사람이었다. 일본인이라면 모르는 사람이 없었다. 영화감독으로도 유명했고, 사진가로서도 세계적인 거장으로 통했다. 그 사람은 아무리 심한 독설을 내뱉어도 허용되는 풍조가 있긴 한데, 곰곰이 생각해 보니 여학생에게는 너무 가혹한 심사평이 아닐 수 없었다.

"뭐, 거물 예술가고 옛날부터 독설로 유명한 사람이니까, 치아가 어쩌고 하는 말은 그냥 넘어갈 수 있어. 그런데 우연히 내가 없는 동아리방에서 그 사진을 찍은 애가 하는 말을 들어버렸어. '후쿠이에가 젓가락질을 하도 이상하게 해서 언젠가 그 순간을 찍으려고 내내 노리고 있었다, 의도했던 대로다'라나."

오사베는 잠자코 듣고 있었다.

"어릴 때 아빠가 돌아가시고 엄마는 밤낮으로 일하느라 집에 거의 없어서, 난 할머니 손에 자랐어. 할머니는 눈이랑 손이 불편해서 식사 때마다 벨트로 숟가락을 손에 감아서 먹었고 누굴 가르치거나 다른 많은 것을 감당하실 여력이 없었지. 그래도 엄마는 우리 남매를 고등학교까지 보내겠다고 죽어라 일만 했어. 말년에 할머니는 병 때문에 누워만 있었는데, 그때도 계속 미안하다고 하더라.

내 카메라는 할아버지가 물려주신 거야. 사진부에 들어갔을 때 할머니에게 먹고살기 힘든 시절에도 카메라를 안 팔아서 참 다행이라는 말을 몇 번이나 들었는지 몰라. 내가 할아버지 카메라로 사진 찍는 걸 엄마와 할머니가 무척 좋아했거든. 좋은 사진을 찍으라며 필름 값도 넉넉하게 줬어.”

그저 평범한 고등학생으로 보였기에 그런 사정이 있는 줄은 몰랐다.

“풍족하게 자란 애들은 없이 사는 사람들을 이해 못 해. 고생이 뭔지도 모르고, 비싼 기자재도 부모님께 조르기만 하면 바로바로 얻을 수 있는 애가 내 젓가락질에 관해 이러쿵저러쿵하는 소리를 들으니까 도저히 못 참겠더라. 정신을 차리니까 동아리방에 있던 접이사다리로 걔를 막 때리고 있더라고.”

말이 나오지 않았다.

후쿠이에는 들고 있던 캔 커피를 쭉 들이켰다.

"뭐, 가정사를 아무한테도 말하지 않았으니 그 애도 모르고 한 말이겠지만, 왜 때렸냐고 묻는데 '젓가락질을 가지고 뭐라고 해서 그랬어요'라고는 죽어도 말하기 싫었어. 그렇게 말하면 집안 사정 이야기도 해야 하잖아. 가난하다고 짠하게 보는 것도 싫고, 그런 줄 몰랐다며 사과하는 것도 듣기 싫어서 '그냥 화가 나서 때렸어요'라는 말만 했어. 근신으로 끝나서 운이 좋았지. 만약 퇴학이라도 당했으면 꼴이 말이 아니었을 거야."

후쿠이에를 자기 마음에 안 들면 이유 없이 사람을 때리는 여자애라고 오해했었다.

오사베는 용의 턱에도 절대로 만져선 안 되는 '역린'이 있는 것처럼 개인의 성역이 어디에 있는지는 아무도 알 수 없다고 생각했다. 분명 절대로 건드려서도, 밟아서도 안 되는 소중한 부분일 테다.

"그래서 근신이 풀리고 나서 생활 기록부나 채우려고 과학부에 들어갔어. 사나다 선생님이 나를 불러줬거든."

"그랬구나…… 괜히 미안하네."

"뭐가?"

"그게, 내가 잘못 알고 있었거든. 마음에 안 들면 아무나 두들겨 팬다는 소문을 들어서."

같은 동아리에 있으면서 눈도 마주치지 않았다. 후쿠이에와 제대로 대화한 것도 이때가 처음이었다. 과학부에 있을 때 조금이라도 후쿠이에의 이야기를 들어줬다면 어땠을까.

"난 괜찮아. 익숙하니까. 다 그렇지 뭐."

오사베는 후쿠이에에게 받은 캔 커피를 물끄러미 바라보았다.

"다행이라는 말이 이상하게 들리겠지만, 그래도 다행이야⋯⋯. 그때 네가 참지 않아서."

오사베는 자기가 무슨 소리를 하는지 알 수 없었다. 무의식적으로 그렇게 말해버렸다.

후쿠이에는 쓴웃음을 짓더니 "뭐야, 부장. 패주고 싶은 사람이라도 있어? 폭력은 안 돼. 나도 까딱하면 경찰서 신세를 질 뻔했단 말이야. 맞은 애 부모님이 고소하겠다, 변호사 부른다, 아주 난리였어. 폭력은 쓰지 마, 나중이 귀찮으니까"라고 했다.

오사베는 생각했다. 만일 그때 후쿠이에가 동아리방에서 이를 악물고 꾹 참았더라면 그날 한마디도 못 한 걸 평생 후회했을 거라고. 어떤 이유로도 폭력을 정당화해서는 안 되지만, 인생의 중요한 순간에 자기감정과 분노를 솔직히 표출할 수 있었던 후쿠이에가 부러웠다. 어떤 의미에서는 필요한 순간에 화를 낼 줄 아는 후쿠이에가 훨씬 더 제대로 된 인간이 아닐까.

"뭐, 그건 그렇고, 20일에는 알바도 해야 하고, 카메라는 손도 대기 싫으니까 난 빠질게. 그치만…… 사나다 선생님한테 편지를 받게 될 줄은 상상도 못 했어. 지금 이렇게 옛날 일을 털어놓을 수 있는 건 시간이 상처를 아물게 해서일까. 이제 나도 돈을 벌고 동생도 아르바이트해서 옛날처럼 생활이 빠듯하지 않다는 이유도 있겠지만. 그나저나 이런 이야기를 왜 너한테 시시콜콜 털어놓고 있지? 아, 몰라."

둘 다 다시는 만나지 않을 사이라는 걸 알아서가 아닐까. 가깝지 않은 사람 앞에서만 진솔해질 때도 있는 법이니까.

이미 거절당한 마당에 후쿠이에를 물고 늘어지려니 겁이 났지만, 지금 이 순간을 놓치면 다시는 말할 기회가 없을 것 같은 마음에 "미안, 후쿠이에, 한마디만 더 해도 돼?" 하고 말을 이었다.

"20일에 일해야 하는 거 아니까, 그냥 듣기만 해도 괜찮아. 난 선생님이 죽기 전에 우리에게 남긴 수수께끼가 뭐였는지 꼭 알고 싶어. 그날 우리가 다 모이면, 그 수수께끼를 풀 수 있을지도 몰라. 그러니까 난 네가 와주면 좋겠어."

후쿠이에가 난처하게 웃으며 한숨을 쉬었다.

"부장, 왜 그렇게 진심인 건데?"

그랬다. 이렇게 적극적으로 매달리는 자신이 스스로도 의아했다. 이미 선생님도 돌아가시고 없는데 이제 와서 왜 이러는지.

"알바라고 해도 책임이 있으니까 멋대로 쉴 수는 없어. 미안."

휴식 시간이 끝났다고 해서 후쿠이에를 돌려보냈다. 후쿠이에는 "안녕"이라는 말과 함께 잠깐 손을 흔들다가 편의점 안으로 들어갔다.

설탕과 어린이용 풀장, 대형 연, 그리고 후쿠이에의 카메라.

자신이 왜 설탕인지는 여전히 오리무중이지만 선생님에게 어떤 의도가 있다는 사실만은 분명했다.

구로세에게서 '안 맞았어?'라고 문자가 왔다. '후쿠이에랑 얘기해 보니까, 그렇게 나쁜 애는 아니었어. 사정을 들어보니까 그 사건도 이해가 되더라. 그럴 만했더라고. 그렇다고 때리는 건 좀 아니었지만.'

'그래? 왜 그랬대?'라고 물어왔지만, 왠지 자신과 후쿠이에 둘만의 소중한 비밀이라는 생각이 들어, 상대가 후쿠이에를 헐뜯어서 티격태격했다고 둘러대고는 준비물 얘기로 넘어갔다.

'거봐, 후쿠이에의 준비물이 카메라인 건 한 사람 한 사람 분명한 의도가 있다니까'라고 구로세가 말했다.

'의도가 뭘까?'

'그야 모르지. 나머지 한 명만 더 만나면 확실해지겠지…….'

다섯 번째 인물, 와카마쓰 슈이치

아침에 구로세에게 '오늘은 와카마쓰 만나러 간다'라며 장소까지 적어 문자를 보냈더니 '오오, 야구부 아이돌. 지금쯤 한창 잘나가겠지……'라는 답장이 돌아왔다.

그러더니 '그 녀석은 배우나 모델 같은 거 했으면 성공했을 텐데. 사진부였던 후쿠이에가 카메라니까, 야구부였던 와카마쓰는 배트나 야구공이 아닐까'라며 마음대로 추측을 쏟아냈다.

와카마쓰 슈이치에게 편지를 전하면 끝이라고 생각하니 마음이 무척 편안해졌다. 오사베에게 와카마쓰는 나머지 부원들과는 다른 의미에서 껄끄러운 존재였다. 운동 신경이 남다르고 원래 있던 야구부에서도 에이스 축에 속하고 친구도 많았던 와카마쓰는 흙탕물 속 정체를 알아보기 힘든 벌레 같은 과학부 부원들과는 어울리지 않는 외부인 같은 인상을 풍겼다. 다쳐서 야구부를 그만두고 중간에 과학부에 들어왔는데, 그 당시에는 너무 눈이 부셔서 가까이 다가가기 힘들었을 뿐 아니라 괜히 들떠서 가까이 갔다가 거절이라도 당하면 다시는 회복되지 않을 것 같아서 최대한 접촉을 피하고자 눈도 마주치지 않고 조심하며 지냈다. 꼭 필요할 때만 대화를 나누었다.

오사베는 와카마쓰가 다니는 회사 근처에서 몸을 숨기고 기다렸다. 왠지 와카마쓰의 스토커 같다는 생각에 사로잡혀서는 혹시라도 신고당하는 일이 없도록 주위를 둘러보았다. 사람이 지나갈 때마다 스마트폰 시계를 들여다보며 "많이 늦네……"라고 중얼거리며 어설픈 연기를 펼쳐야 했다.

한참 기다리고 있었더니 이윽고 피곤한 얼굴의 와카마쓰가 넥타이를 느슨하게 풀고 걸어왔다. 직접 눈으로 보고도 믿기지 않았다. 당시에는 꽃미남 같은 얼굴에 피부도 좋고 몸도 날씬했는데, 지금은 불어난 몸무게와 축 늘어진 뱃살에서 관록이 느껴졌다. 동갑이니까 스무 살이 분명한데 훨씬 더 나이 들어 보였다. 속으로 사회생활은 만만치 않구나 싶었다.

그런 이유로 떨지 않고 말을 걸 수 있었다.

"와카마쓰, 나 오사베야. 우리, 과학부였잖아."

누구냐고 차갑게 대꾸하면 어쩌나 싶었지만 역시나 인기를 한 몸에 받았던 와카마쓰답게 친근한 미소를 내비쳐서 안심했다.

"아아, 부장? 부장 맞지? 오랜만이다. 근데 여기서 뭐 해?" 하고 물어서 사나다 선생님의 편지에 관해 짧게 설명했다.

"그랬구나. 그런데 우리 예전에는 얘기를 별로 안 했지? 어쩐지 신선하네. 계속 서서 얘기하긴 그러니까, 가자, 내가 살게. 근처 선술집도 괜찮지?"

"아니야, 괜찮아, 미안하게"라며 사양했지만 와카마쓰는 "내가 안 괜찮아서 그래, 옛날 친구를 다시 만났는데.

동창회 하는 셈 치자" 하며 능숙하게 대화를 이어갔다.

와카마쓰는 주문을 받으러 온 점원에게 자기가 마실 생맥주와 오사베 몫의 우롱차와 몇 가지 안주를 빠르게 주문했다. 물수건으로 얼굴과 목을 쓱쓱 닦아내고, 아아 하고 숨을 길게 토하는 모습이 영락없이 아저씨였다.

일단 생맥주와 우롱차 잔을 들어 짠 하고 부딪쳤다.

사나다 선생님이 죽은 후에 천국택배에서 받은 수상한 편지에 관해 이야기했다. 와카마쓰 역시 과학부와 사나다 선생님의 기억이 희미한 듯했다.

문제의 편지를 건넸다.

"근데 한 명 한 명 준비물이 다 달라. 난 설탕, 구로세는 어린이용 풀장, 이케다는 대형 연, 후쿠이에는 카메라. 이제 네가 마지막이야. 다섯 명의 준비물이 다 밝혀지면, 사나다 선생님이 돌아가시기 전에 우리에게 편지를 보낸 이유를 알 수 있을 것 같아."

와카마쓰가 편지를 읽는 동안 오사베는 그의 대답을 묵묵히 기다렸다. 이제 수수께끼를 풀 수 있다, 마지막 퍼즐 조각을 찾았다.

"장갑."

"응?"

와카마쓰가 오사베에게 편지를 보여주었다. 분명 장갑이었다. 마지막 퍼즐 조각이라 기대했는데 점점 더 미궁 속으로 빠져버렸다. 야구와는 전혀 상관없어 보이는 준비물이었다.

"잠깐, 근데 야구할 때도 장갑 끼지?"

"야구공 던질 때 끼는 거라면 글러브라고 썼겠지. 사나다 선생님은 그런 면에서 이과 출신답게 철두철미하고 섬세했으니까. 그러니까 이건 그냥 장갑일 거야."

마지막 순간에 와카마쓰와 무관한 '장갑'이 등장하면서 지금까지의 모든 일은 단순히 우연의 연속이었고 애초에 사나다 선생님은 의도 같은 건 없었다는 쪽으로 마음이 기울기 시작했다.

"다섯 명의 준비물이 밝혀지면, 수수께끼가 풀릴 줄 알았는데."

이 준비물들을 다 갖추더라도 뭔가 할 수 있을 것 같지는 않았다.

"와카마쓰, 네 생각은 어때?"

"다 같이 풀장에 들어가서, 설탕을 먹고, 연 날리는 모습을 사진으로 남긴다……."

"장갑은?"

"멋으로?"

할 말이 없었다.

"와카마쓰, 3월 20일엔 어떡할래?"

"할당량을 채워야 해서 요즘 회사 일이 바쁘거든. 그럴 시간이 없어…… 이제 학생이 아니라서 평일은 힘들지"라며 거절했다. 와카마쓰는 고등학교를 졸업하고 들어간 음료업체에서 영업 일을 하고 있다고 했다. 지당한 말이다. 반박할 말이 없어서 매달려 볼 수도 없었다.

와카마쓰가 "그렇지만 그날 모임 장소에 가보면 뭐라도 알 수 있지 않을까? 넌 갈 거지? 다른 애들이랑 같이"라고 덧붙였다.

말문이 턱 막혔다.

"실은 너도 그렇고 아무도 안 가. 나도 수수께끼를 풀고 싶긴 한데, 나 혼자 가봤자 할 수 있는 일도 없고……."

와카마쓰는 맥주를 들이켜고는 난처하게 웃었다.

"그래. 사나다 선생님께는 죄송하지만, 이제 다들 옛날과 다르니까."

그 목소리를 들으니 기분이 씁쓸했다. 좋은 추억이라고는 하나도 없는 과학부였지만 그때가 한없이 그리워졌다.

'와카마쓰의 준비물은 장갑이었어'라고 구로세에게 문자로 알렸다. '뭐야 그게? 마지막에 확실해질 거라 믿었는데 더 모르겠네……'라며 구로세는 고민에 빠졌다.

잠시 틈이 생겼다.

'결국 우리의 수수께끼는 수수께끼로 남겠다.'

'응. 어쩔 수 없어, 다들 일도 해야 하고 각자 사정이 있으니까. 혼자 가봤자 의미 없으니까 나도 안 가려고.'

'부장. 그동안 고마웠다. 수고했어!'

그게 구로세에게서 온 마지막 문자였다. 아침 댓바람부터 보내오던 시답잖은 명언들과 목표 성취율과 수상한 자기 계발서를 그대로 복사해서 보낸 문장들, 그토록 자신을 귀찮게 하던 문자가 안 오면 속이 시원할 줄 알았는데 어째서인지 가슴에 메마른 바람이 불었다.

원래부터 혼자였는데 더 철저하게 혼자가 된 기분이었다.

앞으로 과학부 부원들을 다시 만나는 일은 없겠지. 각자 자기만의 삶이 있다. 선생님을 위해 모이지도 못하고 아무것도 못 하는 형편없는 부원들이라 선생님이 실망하시겠다고 생각하면서 그의 얼굴을 떠올려 보았다.

아니다. 애초에 형편없는 애들만 모여서 활동도 대충 하던 동아리였으니까 지금도 딱히 나아진 게 없구나 하고 이해해 주시겠지.

한번 낙오자는 끝까지 낙오자다. 제로에 어떤 숫자를 곱하든 제로인 것처럼.

그렇지만 사나다 선생님이 남긴 수수께끼. 그 답은 대체 뭐였을까.

구로세가 가슴이 두근거린다고 했을 때는 제정신이냐고 묻고 싶었지만 자신 역시 설레고 있었다는 사실을 뒤늦게 깨달았다.

'오사베, 이번에도 노트 잘 부탁해.'

친구에게서 문자가 왔다.

맞다, 수수께끼는 둘째 치고 지금은 복사할 노트를 깔끔하게 정리하는 일이 급선무라는 생각에 서둘러 노트를 펼쳤다.

3월 20일

노트를 복사해서 친구들에게 나눠주자 "오사베, 정말 고마워! 내 절친!" 하며 차례차례 달라붙었다. 상대가 형식적으로 "복사비는 어떡하지?"라고 물어와서 "됐어, 얼마 되지도 않는데"라며 마음에도 없는 말을 입에 올렸다.

"그래? 고마워."

절친이라며 껴안았지만 더 이상 노트 복사를 안 해주겠다고 말하는 순간 이 관계는 끝나겠지.

"저기, 오사베, 부탁이 있는데……" 하며 다른 과목 복사까지 부탁하길래 적당히 좀 하라고 말해주고 싶었지만, 목구멍에 달라붙은 목소리가 밖으로 나오는 일은 없었다.

부탁한다는 말에 아직 오사베가 뭐라 대답도 안 했는데 "아, 미안, 애들이 불러서 가야겠어"라며 무리를 지어 사라졌다.

3월 20일.

결국 오사베는 바보 같은 짓이라고 생각하면서도 설탕을 들고 모임 장소에 가보기로 했다. 아무 일도 없으면 산책만 하고 돌아오면 된다. 목적지는 모교 근처 제방이어서 오사베도 잘 아는 곳이었다.

아무도 안 간다고 하니 선생님 뵐 낯이 없었다. 약속은 지켰으니까 유령으로 나타나지 말아 달라고 공양을 올리는 마음도 담겨 있었다.

점심시간이 지날 때쯤 제방을 찾아가자 날씨도 좋고 새파란 하늘에는 구름이 천천히 흘러가고 있었다. 아직 쌀쌀했지만 곧 봄이 오려는지 햇살이 닿는 곳은 따뜻했다. 전망이 좋아서 일자로 쭉 이어진 도로가 한눈에 보였다.

　제방 아래쪽 광장에서 어린이용 풀장을 펼치고 그 안에 들어가 팔을 쫙 펴고 누워 있는 남자가 시야 끝에 걸렸다.

　오사베는 화들짝 놀라 멈춰 섰다. 구로세였다.

　계단을 내려가 가까이 다가갔다.

　"구로세? 웬일이야? 오늘 세미나 간다고 했었잖아."

　자고 있던 구로세가 눈을 떴다. 햇빛에 눈이 부신지 손그늘을 만들었다.

　"아아, 부장. 그게 말이지, 간부 녀석이랑 싸우는 바람에 결국 세미나도 모임도 참석 못 하게 됐어. '고교 시절의 추억이란 게 이 모임보다 돈이 되겠어? 과거 따위는 잊고 미래 지향적으로 살아야지'라나, 미래 지향 같은 소리 하고 있네. 입만 열면 돈, 돈, 돈타령. 누굴 바보로 아나?"

　정나미가 떨어진다는 듯이 인상을 구기고 말했다.

　"지난번에 편지 받고 이 풀장이 생각나서 붙박이장에서 꺼내니까, 이래저래 옛날 생각이 나더라고. 이왕 참석도 금지된 마당에, 일단 가보자 싶어서 와봤어. 이제 둘이서 설탕 먹는 모임이나 시작할까?"

"싫어, 그런 모임" 하며 미소를 보냈다.

"이건 사나다 선생님을 저승에서 현세로 소환하는 의식이 분명해"라며 구로세가 헛소리를 했다.

그때 "어이" 하고 부르는 소리가 들렸다.

오사베는 자기 눈을 의심했다. 제방 위쪽에서 양복을 입은 와카마쓰가 팔을 휘휘 흔들고 있었다.

와카마쓰가 계단을 내려왔다.

구로세가 "이야, 와카마쓰. 안 그래도 지금 부장이랑 풀장 안에서 설탕 먹는 모임을 시작할 참이었어. 둘 다 들어와" 하며 자리를 터주었다.

"그게 뭐냐"라며 와카마쓰의 눈이 둥글게 휘어졌다. 손등으로 이마를 닦고 신발을 벗고 풀장 안으로 들어가는 와카마쓰를 보고 오사베도 따라 들어갔다. 물이 없는 풀장 안에서 셋이 무릎을 맞대고 앉은 모양새가 우스웠다.

"와카마쓰, 일은 괜찮아?"

"'죄송합니다! 갑자기 배가 너무 아파서요! 전염되면 어쩌죠, 죄송합니다, 정말 죄송합니다' 하면서 배를 움켜쥐고 끙끙댔더니 오늘은 그만 들어가라길래 그냥 왔어"라고 와카마쓰가 대답했다. "어쨌든 장갑도 챙겨 오긴 했는데,

이게 뭐 하는 거냐.”

“사나다 선생님을 소환하는 의식.”

“말도 안 돼.”

와카마쓰가 피식 웃었다.

문득 제방 쪽으로 시선을 던지니 사람 실루엣이 시야에 잡혔다. 오사베는 눈을 휘둥그레 뜨고 자리에서 벌떡 일어났다. 멀리서 엄청나게 큰 물체를 짊어지고 어슬렁어슬렁 걷는 그림자는 마치 기이하게 생긴 곤충처럼 보였다.

“어. 아아, 누구였더라⋯⋯”라고 와카마쓰가 말해서 “이케다”라고 알려주었다.

“어이, 이케다” 하며 손을 흔들자 풀장 안에 있는 세 사람을 보고 놀랐는지 일순 걸음을 멈췄다.

“이케다, 짐이 왜 이렇게 많아?”

이케다는 천천히 계단을 내려와 메고 있던 짐을 내려놓았다.

“이케다, 설마 설계도대로 연을 만든 거야?”

이케다는 “좀처럼 집 밖으로 나올 수가 없어서 아직 테스트는 못 했어”라며 굉장히 완성도가 높아 보이는 연을 펼쳤다. 마름모꼴을 두 개 겹친 몸통 아래쪽에는 끈 같은 게 달려 있었다. 광택이 나는 종이로 만들고 뼈대까지 도료를 빈틈없이 칠했다. 일반적인 연과 달리 SF 영화에서나 볼 법한 우주선처럼 신기하게 생겼다.

"아직 테스트를 못 해서 양력*이 얼마나 될지 불확실해."

구로세가 "끝내준다. 이케다, 예전에 미술 시간에 입체 모형 만들었을 때도 장난 아니었어"라고 말하자 이케다는 살짝 민망해하며 "만드는 걸 좋아하거든. 프라모델 조립도 좋아하고"라고 대답했다. 그러더니 남자애들과 같이 프라모델 조립 이야기에 열을 올렸다.

"너네 뭐 해? 하마터면 신고할 뻔했잖아. 진짜 수상해 보여" 하는 목소리가 들렸다. 돌아보니 후쿠이에가 오래돼 보이는 카메라를 목에 걸고 있었다. 등에 삼각대도 메고 있었다.

"아, 후쿠이에" 하며 구로세가 약간 떨리는 목소리로 말했다.

오사베가 "후쿠이에, 너 안 오는 줄 알았어"라고 하자 "그게" 하고 말을 받으며 "엄마가 '선생님을 위해서라도 갔다 와'라며 카메라까지 챙겨주더라" 하고 대답하면서 손

✦ 유체 속을 운동하는 물체에 운동 방향과 수직 방향으로 작용하는 힘. 이 힘에 의해 공중을 날 수 있다.

짓으로 검은색 카메라를 가리켰다. 할아버지가 애용하던 카메라인 만큼 연식이 느껴지고, 군데군데 검은색 칠이 벗겨져 금색 바탕이 그대로 드러나 있는데도 대단히 근사했다. 앞면에는 아사히 펜탁스라고 적혀 있었다.

모처럼 모였으니 기념사진이라도 찍자는 말이 나와서 삼각대에 카메라를 설치하고 모두가 좁은 풀장 안에 들어갔다. 가운데 자리만 남겨두었다.

"어, 내가 중간이야? 에이, 몰라. 자, 이 버튼에서 소리가 나다가 끊기면 그때 찍히는 거야."

프레임 안에 다 들어가는지 확인하고 나서 후쿠이에는 종종걸음을 치며 이쪽으로 왔다.

다섯 명이 좁다란 풀장 안에 서자 웃음이 터져 나왔다.

"우리 여기서 뭐 하는 거야……."

"의식."

"무슨 의식?"

한 명이 소리 내어 웃기 시작하자 다들 못 참고 웃음보가 제대로 터져버렸다.

과학부 부원들이 한자리에 모여 이렇게 웃는 날이 찾아오리라고는 고등학교 시절엔 상상도 하지 못했다.

그때 "안녕하세요!" 하는 우렁찬 목소리가 들렸다. 제방 위에서 큼지막한 짐칸이 달린 오토바이를 타고 있는 나나호시가 보였다. 오토바이에서 내려 헬멧을 벗자 옆으로 삐죽 뻗친 짧은 머리가 바람에 나풀거렸다. 나나호시는 짐칸 트렁크에서 기름통처럼 생긴 무거워 보이는 통을 "하나, 둘, 셋!" 구령을 붙여가며 세 개나 꺼냈다. 반투명한 통 안에 든 액체가 찰랑거렸다.

"내가 말했던 천국택배 기사님." 오사베가 다른 부원들에게 설명했다.

나나호시가 통 세 개 중 하나를 들고 계단을 내려왔다. 땅에 내려놓자 쿵 소리가 나서 중량감이 느껴졌다.

"과학부 여러분, 진짜 다 모이셨네요. 이건 사나다 선생님이 맡기신 거예요. 위에 아직 두 통 더 있는데요, 물하고, 사나다 선생님이 1밀리미터 단위로 연구에 연구를 거듭하며 직접 배합한 세제입니다. 온도와 습도도 딱 맞아서 오늘은 굉장한 것을 만들 수 있을 거예요!"

물과 세제…… 습도…… 굉장한 것을 만든다…….

앗, 하며 부원들의 뇌리에 동시에 떠오른 것은.

"맞다, 비눗방울 놀이!"

다 같이 한목소리로 외쳤다.

이제야 앞뒤가 들어맞았다. 서로 힘을 모아 제방 위에

있던 통을 광장으로 갖고 와서 세제와 물과 설탕을 풀장 안에 부었다.

구로세가 "어라? 어떻게 붙지? 제일 중요한 거, 액체를 묻혀서 부는 스틱이 없잖아. 빨대라도 사 올까?"라고 하자 이케다가 말없이 연을 가리켰다.

대형 연은 관처럼 독특하게 생겼고, 아래로 드리워지는 부분도 있었다. 보통 연은 아래쪽에 기다란 종이가 늘어져 있지만, 이 연은 안쪽에 철사를 넣고 털실로 꼬아서 만든 밧줄 같은 게 아래에서 연결되어 고리 모양을 만들었다.

이케다가 연 아래로 늘어진 그 부분을 손으로 잡았다.

"어쩐지 중심을 잡기엔 너무 가볍다 싶더라고. 이 액체에 적시면 무게 균형이 알맞게 잡히겠어. 무게가 늘어나면 연을 날리기 위한 양력도 커져야 해. 양력을 얻으려면 바람도 필요하고 속도도 필요하고."

이케다가 속도라고 말한 순간 시선이 한곳으로 모였다. 와카마쓰다.

"나지? 내가 나설 차례지?" 와카마쓰는 양복 재킷을 벗더니 넥타이를 풀고 셔츠 소매를 걷어 올렸다. 그 자리에 서서 익숙하게 팔다리를 쭉쭉 뻗어 스트레칭하면서 몸을 풀었다.

"팔꿈치를 다쳐서 야구부를 그만두긴 했어도 발은 아직 빠를 거야…… 아니, 빨라. 어쨌든 초등학생 때부터 프로 선수를 꿈꾸면서 운동을 계속했으니까." 근육 상태를 확인하며 가볍게 제자리 뛰기를 했다.

와카마쓰가 자기가 사 온 장갑을 끼자 이케다가 대형 연을 잡고 고리처럼 생긴 부분을 비누 용액에 적셨다. 오사베와 구로세는 이케다를 도와주기 위해 양옆에 서서 연을 붙잡았다.

"결정적인 순간을 찍으면 되지? 그 순간을 찍을 수 있는 사람은 나밖에 없지." 후쿠이에도 카메라를 거머쥐었다. 와카마쓰는 연줄을 꽉 잡았다. 모두가 지켜보는 가운데 와카마쓰가 단숨에 달려 나갔다.

아직 스무 살밖에 안 된 애가 아저씨처럼 지쳐 보인다고 생각했는데, 달리는 자세는 무척이나 아름다웠고 속도도 점점 빨라졌다. 가속이 붙자 줄이 팽팽해지면서 연이 하늘로 날아올랐다.

연은 하늘 높이 떠 있고.

매끈매끈한 느낌으로.

지금껏 한 번도 본 적 없는 커다란 비눗방울이 봉긋봉긋 부풀어 올랐다.

모두가 와 하고 탄성을 터뜨렸을 때 오사베는 그날을 아련히 떠올렸다.

과학부에서 무슨 대회에 나가자는 이야기가 나왔지만 심드렁하게 쳐다보기만 하고 아무도 의견을 내지 않고 있을 때, 누군가의 입에서 비눗방울 놀이를 하고 싶다는 말이 튀어나와서 다 같이 가운데뜰로 나가 비눗방울을 불며 논 적이 있었다.

고등학생이 돼서 오랜만에 비눗방울을 불어 날리자 옛날 생각이 났는지 다들 놀이에 푹 빠졌었다.

그중에 한 명이 "기네스북 1위에 오르려면 비눗방울을 얼마나 크게 불어야 할까?" 하고 물었더니 사나다 선생님이 "그러면 다음에 대형 비눗방울에 도전해 보자"라고 했었다. 그러자 다음 동아리 활동 시간에는 대형 비눗방울을 불면 좋겠다는 의견이 나왔다.

그 후 사나다 선생님은 건강이 나빠져서 계속 병가를 냈고 우리는 그대로 졸업을 맞이하느라 그 이야기는 흐지부지해졌다.

차례차례 연을 날리며 거대한 비눗방울을 만들었다. 비눗방울이 부풀어 오를 때마다 와르르 함성을 지르며 한바탕 소란을 떨었다. 오사베도 오랜만에 전속력으로 달렸더니 숨이 찼다.

실컷 놀고 비누 용액이 다 떨어졌을 즈음 나나호시가 입을 열었다. "과연 자랑스러운 과학부 부원답네요. 방금 만든 비눗방울은 기네스북에 올려도 될 것 같은데요?"

'자랑스러운'이라는 말에 오사베와 부원들은 떨떠름한 표정을 지었지만, 칭찬이었기에 기분이 나쁘지는 않았다.

"찍어드릴게요." 나나호시가 후쿠이에의 카메라로 단체 사진을 찍어주겠다고 했다. 후쿠이에는 초점을 맞춘 다음 나나호시에게 카메라를 건넸다. "여기 누르면 돼요."

나란히 선 부원들 앞으로 대형 연과 어린이용 풀장이 놓여 있는 묘한 분위기의 단체 사진이 찍혔다.

사진을 찍고 나서 오사베는 나나호시에게 물었다. "저기, 편지를 갖고 왔을 때부터 비눗방울 놀이란 걸 알고 있었어요?"

"아, 네에, 하지만 사나다 선생님이 당일까지 비밀로 해달라고 당부하셔서 알려드릴 수 없었어요. 죄송합니다."

구로세가 웅크리고 앉아 비닐 풀장을 살살 쓰다듬었다.

"내가 동네 애들을 데리고 놀았다는 것까지 기억하시다니…… 선생님은 무심한 척하면서 우리가 하는 이야기에 귀를 기울이고 있었어……." 구로세의 말에 다들 숙연해졌다.

그랬다.

구로세에게 풀장을 갖고 오라고 하고, 손재주가 좋은 이케다에게 설계도를 맡기고, 사진을 잘 찍는 후쿠이에는 사진을 찍게 했다. 발이 빠르기로 유명했던 와카마쓰는 달리기를.

선생님은 각자의 특기와 재주를 꿰뚫어 보고 정확하게 지시를 내렸다.

그럼 나는 뭐였을까, 오사베는 의문이 생겼다. 자신은 단순히 이름이 '부장'과 비슷하다는 이유로 억지로 부장이 됐을 뿐 딱히 인망이 있는 사람이 아니다. 선생님의 마음이 담긴 편지를 갖고 있으려니 께름칙해서 부원들에게 전해주러 갔을 뿐이다. 단지 그게 다였다.

오사베는 나나호시에게 "근데…… 선생님은 왜 저한테 편지를 맡기셨을까요?" 하고 슬며시 물어보았다.

"그야 오사베가 부장이니까 그렇지"라며 후쿠이에가 옆에서 끼어들었다.

나나호시가 오사베의 눈을 지그시 들여다보았다.

"사나다 선생님은 이렇게 말씀하셨어요. '한 명 한 명 다 아끼는 제자들이지만, 이 계획에서 제일 의지하는 사람은 오사베입니다. 오사베는 성실하고 책임감이 강해서 다른 부원들이 어디에 있든지 이 편지를 꼭 전달해 줄 겁니다. 힘들어도 끝까지 해낼 겁니다. 오사베는 모두를 만나서 이야기해 줄, 그런 사람입니다'라고요. 배달 일을 계속해 온 저로서는, 모두에게 편지를 전달하기는 어렵다, 전원이 한자리에 모이기란 불가능에 가까운 일이다, 라고 생각했어요. 그런데 사나다 선생님 말씀대로 됐어요. 과연 과학부의 리더십니다."

아니, 딱히, 그런 게 아니고. 저는요…… 라고 말을 잇고 싶었지만 오사베는 목이 막히고 코끝이 시큰했다. 더는 한 마디도 할 수 없었다.

항상 다른 사람의 시선을 신경 쓰며 그 순간을 견뎠다. 과학부에서도 마찬가지였다. 다른 사람의 추억 속에 자신은 존재하지 않을 거라 생각했다. 하지만 사나다 선생님은 기억하고 있었다. 자신뿐 아니라 부원들 모두를.

후쿠이에가 오사베의 등을 쓸어주며 말했다. "아닌 게 아니라, 나한테 맡겼더라면 내 알 바 아니라며 내팽개쳤을 게 뻔해. 사나다 선생님이 사람 보는 눈이 있으셨네."

시야는 흐릿했지만, 후쿠이에의 목소리는 다정했고 등에 닿은 손길도 따뜻했다.

"부장, 왜 질질 짜고 그래?"라고 구로세가 한마디 하자 후쿠이에는 즉각 "내가 일하는 곳에 구로세가 따로 찾아왔었는데, 만약 구로세만 왔었다면 절대로 여기 안 왔을 거야" 하고 받아쳤다.

"구로세, 편의점에 갔었어?" 놀란 오사베가 코멘소리로 묻자 구로세는 시치미를 뚝 떼고 딴청을 부렸다. 옆에서 후쿠이에가 깔깔거리며 웃었다.

"왔었어, 편의점까지. '그렇게 사회성 떨어지는 부장이 일일이 찾아와서 부탁하는데, 20일에 제발 가주자'라면서. 너무 끈덕지게 달라붙어서 한 대 패주고 싶었지만, 부장이 간절히 부탁하러 왔던 건 사실이니까."

"그치만, 난 안 간다고 했어. 간다는 말을 아무한테도 안 했는데?"

"부장은 부장이니까. 애당초 딴 애들은 몰라도 넌 갈 것 같았어. 반드시"라는 구로세의 말에 이케다와 후쿠이에와 와카마쓰가 동시에 고개를 끄덕끄덕했다.

이케다가 "구로세, 우리 집에도 왔었어"라고 해서 오사베는 깜짝 놀랐다. "어, 어머니는? 괜찮았어?"

"아, 나도 만만치 않게 계속 떠들었거든" 하며 구로세가 의기양양하게 대답했다. 분위기가 어땠을지 궁금했다.

와카마쓰가 "나한테도 왔었어"라고 했을 때는 너무 놀라서 벙긋하게 벌어진 입을 다물 수 없었다. "'선생님을 위해서, 부장을 위해서, 우리 모두를 위해서'라더라고."

제가 아끼는 제자들…….

아끼는.

선생님의 목소리가 되살아났다. 스스로를 겁쟁이에 고지식하고 비겁하고 융통성 없고 아무 도움이 안 되는 꽹만 뽑는 사람이라고 생각했다.

죽을 만큼 간절히 원하고 바라더라도 과학실에서 보냈던 그 시간은 다시 돌아오지 않는다. 선생님과 더 많이 대화를 나눴으면 좋았을걸. 활동도 더 열심히 할걸.

나나호시가 스읍 하며 길게 숨을 들이마셨다.

"사나다 선생님께서 여러분에게 전해달라고 하신 말씀이 있어요!"

파란 하늘에 나나호시의 목소리가 맑게 울렸다.

"과학부 여러분! 졸업을 축하합니다! 성인이 된 것을 축하합니다!"

그랬다. 올해 3월 20일은 평일이지만 2년 전 오늘은 셋째 토요일이었다.

졸업식이 있던 날이었다.

와카마쓰가 "어, 설마, 졸업식 날 사나다 선생님이 오셨다고?" 하고 중얼거렸다.

후쿠이에도 고개를 갸웃거렸다. "글쎄, 그건 아닐 거야. 애초에 사나다 선생님은 담임을 안 맡았으니까."

"과학부도 저절로 사라졌잖아. 우리 다음에 들어오는 후배가 없어서." 구로세가 말했다.

사나다 선생님은 아파서 쉬느라 졸업식에는 못 왔을 거라고 오사베는 생각했다. 그렇지만 누구보다 우리 다섯 명이 졸업하는 모습을 보고 싶어 하셨겠지. 우리가 스무 살을 맞이하는 순간도.

필름 카메라로 사진을 찍었기 때문에 후쿠이에가 나중에 현상해서 보내주기로 했다. 다들 연락처를 주고받았다. 후쿠이에에게 사진 한 장에 얼마인지 확인했다. 오사베가 배송료까지 포함한 금액을 얼추 계산해서 돈을 모았다.

이케다의 스마트폰이 끊임없이 울려댔다. 화면에 '엄마'라는 글자가 떠올랐다.

"이케다, 아까부터 계속 전화 오던데, 안 받아도 돼?" 하고 와카마쓰가 물었다. "이렇게 쉬지 않고 거는 걸 보면 집에 무슨 일이 있는지도 몰라"라며 걱정스럽게.

"괜찮아."

이케다는 잠깐 망설이는 기미를 보이다가 마음을 단단히 먹고 거절 버튼을 눌렀다.

오사베가 "정 안 되겠다 싶으면 우리 집으로 와. 난 혼자 사니까 언제든지 와도 돼"라고 하자 이케다가 굳어 있던 뺨을 풀며 희미하게 웃었다.

구로세가 풀장을 가지런히 접었다.

"근데 나 말이야, 옛날 생각도 나고 그래서 올해 다시 풀장 영업을 해볼까 싶어. '형, 고마워'라는 인사를 들을 때의 기분도 좋았고……."

"그럼 우리 애도 끼워줘" 하며 와카마쓰가 끼어들었다.

"헉, 와카마쓰, 애가 있어?" 놀란 나머지 목소리가 커졌다. 어쩐지 안정감이 배어 있더라니.

"한 살짜리 쌍둥이. 매일 애들이랑 놀아주느라 파김치가 될 지경이라고. 오랜만에 전력 질주했으니까 내일은 근육통 예약이다"라고 해서 한목소리로 웃었다.

무심코 뒤를 돌아보자 나나호시가 제방 위의 오토바이를 향해 걸어가는 뒷모습이 눈에 들어왔다. 비눗방울 용액이 들어 있던 통도 깨끗이 정리되어 있었다.

"기사님!" 구로세가 손나팔을 하고 외쳤다. 나나호시가 오토바이 앞에 서서 모자를 벗고 정중하게 인사했다.

오사베는 나나호시가 사나다 선생님과 만났었다는 사실을 떠올리며 정신이 번쩍 들었다. 죽은 사람이 맡긴 물건을 전달하는 사람이다. 사나다 선생님뿐 아니라 얼마나 많은 이들과 작별 인사를 나눴을까.

나나호시는 시동을 걸고 나서 다시 한번 손을 흔들며 힘차게 달려 나갔다.

새 학년 첫 강의에서 교수가 한 달에 두 번씩 쪽지 시험을 볼 거라고 하자 그 이야기를 어디서 주워들은 친구들이 오사베에게로 모여들었다.

"오사베, 부탁할게, 괜찮지? 우린 친구잖아. 지금까지도 계속 복사해 줬으니까, 알지?"

오사베는 긴장한 채로 한 호흡 고른 다음 입을 열었다. 손바닥에 땀이 배어났다.

"미안. 이제 안 하기로 했어. 노트가 필요하면 너네가 직접 출석하면 되잖아."

그러자 몇몇이 들으라는 듯이 "뭐야", "짜증 나게"라고 내뱉고는 등을 돌리고 떠나갔다. 자신을 향한 노골적인 악

의는 여전히 무섭고 가슴을 옥죄는 기분이었다. 그래도 주먹을 불끈 쥐고 버텼다. 다 같이 연을 날리고 놀면서 연줄을 잡았던 그날처럼.

그래, 우리는 자랑스러운 과학부. 나는 과학부 부원이다. 주위의 등쌀에 떠밀리기만 하면 사나다 선생님이 슬퍼하실 거야.

후쿠이에가 편지를 보냈다. '또 모이자. 재미있었어'라고 갈겨쓴 메모지를 보며 후쿠이에답다고 생각했다.

봉투 안에 크게 확대해서 뽑은 사진이 들어 있었다.

찬란한 햇빛을 받으며 그림 같은 그림자가 드리워져 있고, 와카마쓰는 몸을 앞으로 기울인 채 있는 힘껏 질주하고, 부원들 손을 떠난 연은 하늘 높이 날아오르고, 때마침 불어온 바람이 사진의 절반을 차지할 정도로 커다란 비눗방울을 부풀리고 있다.

다른 사진도 있었다. 타이머를 세팅하고 다들 웃음을 참고 찍은 사진과 나나호시가 찍어준 단체 사진도.

하나같이 표정이 좋았다.

이제 사나다 선생님은 이 세상 어디에도 없다. 하지만 오사베의 눈에는 눈웃음을 활짝 짓고 제방에서 부원들을 지켜보고 있을 그의 모습이 아른거렸다.

이 사진은 사나다 선생님이 그토록 보고 싶어 했던 광경이었다.

  오사베는 사나다 선생님이 어디에 있더라도 닿을 수 있도록 상상 속에서 하늘 높이 연을 날렸다.

에필로그

오토바이를 세우고 시동을 껐다. 나나호시가 헬멧을 벗자 부드러운 5월의 바람이 머리카락을 쓰다듬고 지나갔다. 머리카락이 이상한 방향으로 삐죽삐죽 뻗쳐 있지는 않은지 오토바이에 달린 거울로 좌우를 확인하고 모자를 똑바로 썼다.

'천국택배'라는 글자와 흰색 날개 마크가 그려진 짐칸 트렁크에서 오늘 전달해야 할 물건을 조심스레 꺼냈다.

나나호시는 마당에 잔디가 깔려 있는 집을 향해 걸었다. 잔디밭 한쪽에 커다란 자전거와 자그마한 바퀴가 달린 자전거가 나란히 서 있는 모습이 보였다. 색깔은 둘 다 하늘색이었다. 나나호시가 손에 든 물건의 포장지도 하늘색이어서 가족은 취향도 닮는 건가 생각했다.

곧 약속 시간이 다가온다. 초침이 8초 전을 가리키고 있었다. 방문하기 전에는 늘 긴장되기 때문에 심호흡을 하고 초인종을 눌렀다.

현관문 안쪽에서 다다닥 뛰어오는 경쾌한 발소리가 들렸다. 타다닥까지는 아니어도 작년보다 훨씬 빠르고 소리도 커져서 분명 부쩍 자랐겠다고 예상할 수 있었다.

문이 열리고 소년은 기다렸다는 듯이 수줍게 얼굴을 내밀었다. 발이 빨라 보이는 씩씩한 소년이다. 뒤에서 아버지도 "고맙습니다" 하고 인사를 건넸다. 나나호시는 내심 가슴을 쓸어내렸다.

이 집에는 아이가 성인이 될 때까지 해마다 생일 선물을 보내달라던 어머니의 부탁을 받고 매년 찾아온다.

어머니는 소년이 다섯 살 때 세상을 떠났다. 올해로 3년째다.

처음 왔을 때 소년은 어리둥절한 얼굴로 나나호시가 건네준 상자를 멀뚱멀뚱 쳐다보기만 했다. 아버지가 설명해줘도 잘 이해가 안 가는 것 같았다. 나나호시는 소년의 눈높이에 맞게 몸을 낮추고 앉아 "열어봐" 하고 말했다. "엄마가 보내주신 선물이야."

그때부터 현관에서 상자를 열어보는 일이 소년과 나나

호시 사이의 의식처럼 되었다.

올해도 소년은 "열어봐도 돼요?"라고 묻고 나나호시는 "물론이지"라고 대답했다.

소년이 조심조심 포장지를 풀었다. 안에는 《엘머의 모험》이라는 책이 들어 있었다. 어머니가 쓴 편지도 함께.

소년의 어머니는 사서였는데 책을 무척 좋아했다. 그래서 해마다 어머니가 추천해 준 책을 한 권씩 전달한다. 소년이 스무 살이 될 때까지 전부 열다섯 권. "죄다 제가 무척 아끼는 책이에요. 저는 죽고 없어도 아이가 책을 읽으면서 재미있어, 좋아, 라고 느낄 때마다 서로의 마음이 통할 수도 있잖아요. 유타 마음에 들었으면 좋겠는데."

소년은 1년 전보다 키가 훌쩍 자랐다. 옆으로 동글동글했던 몸이 세로로 길어지고 종아리도 길쭉해졌다. 이대로 가면 키다리 청년이 될 것 같았다. 스무 살이 되기 전에 나나호시를 넘어설지도 모른다. 어머니가 이 모습을 얼마나 보고 싶어 했을까. 유타가 이만큼 자랐어요. 한자도 술술 읽어요. 어머니를 쏙 빼닮아서 책을 사랑하는 사람이 될 것 같아요. 그렇게 속으로만 중얼거렸다.

어느덧 반항기가 찾아오고 걸걸한 목소리로 책을 받아 드는 날이 올지도 모른다는 생각도 들었다.

어머니와 약속한 대로 배달 전날에는 아버지에게 연락해서 확인한다. 혹시 새어머니가 생겼을 수도 있고 소년에게 여자 친구가 생겼을 수도 있고 어쩌면 이사를 가서 환경이 바뀌었을 수도 있다. 사는 동안 변화는 따라다니기 마련이고 피할 수도 없는 일이지만, 그래도 나나호시는 앞으로 남은 열두 권의 책을 무사히 전해줄 수 있기를 진심으로 바랐다.

지금은 여덟 살. 앞으로 좋은 일도, 나쁜 일도 잔뜩 겪게 되겠지. 잠 못 들고 어머니에게 선물 받은 책을 친구 삼아 괴로운 시간을 극복하는 밤도 찾아올 테고.

어머니는 이제 없지만, 유타를 사랑하는 그 마음만은 이 열다섯 권의 책을 통해 오롯이 전달되기를 빌었다. 비록 어머니는 멀리 강 저편으로 가버렸을지라도.

나나호시는 "생일 축하해! 1년 후에 또 보자!" 하고 밝게 말하고 나서 아버지와 아들에게 인사하고 그 집을 뒤로했다.

다음은 택배 접수가 기다리고 있었다. 사무실로 돌아가야 했다.

천국택배 사무실은 고풍스러운 건물 2층에 자리하고 있

다. 고풍스럽다고 하면 듣기엔 좋아 보여도 실제로는 그냥 허름한 건물일 따름이다. 그렇지만 나나호시는 쇼와 시대를 연상케 하는 오래된 조명과 탄탄한 계단이 마음에 들었다. 띵, 소리를 내는 구식 엘리베이터와 소화전이라고 쓴 예스러운 글자체도 멋스러워서 좋았다. 여름에는 근처에 사는 고양이가 그늘을 찾아 건물 1층 입구에 와서 발라당 누워 있을 때도 있다. 3층은 사진 갤러리인데 전시 내용을 알리는 간판이 입구에 세워져 있다. 이번 테마는 파리의 뒷골목인 듯했다. 전시를 보러 가는 사람들은 엘리베이터를 타고 올라가지만, 나나호시는 계단을 두 칸씩 경중경중 뛰어올라 사무실까지 간다.

사무실 문에는 흰색 날개 마크가 그려져 있는데, 문을 열어 사장이 혼자 있다는 것을 확인하고는 "다녀왔습니다!" 하고 힘차게 외쳤다.

컴퓨터 앞에 앉아 있던 사장은 얼굴을 살짝 들고 "수고했어"라며 억양이 없는 낮은 목소리로 대답했다. 나나호시는 자기 책상에 있는 초콜릿을 하나 꺼내 먹고 팔다리를 움직이며 스트레칭을 했다.

키보드를 치던 사장은 입력이 끝났는지 조심스레 키를 눌렀다. 나나호시는 은테 안경을 쓴 그의 얼굴을 볼 때마다 장기를 참 잘 두게 생겼다고 생각했다. 언젠가 "사장님, 장기 잘 두시죠?" 하고 물었더니 "장기짝을 쌓아서 무너뜨리는 놀이밖에 안 해봤는데?"라는 대답이 돌아와 흐음, 생긴 거랑 장기 실력은 별개구나, 하고 생각한 적이 있다.

"유타는 잘 지내고?"

"《엘머의 모험》 보고 좋아하던데요."

사장은 "거기 얼룩무늬 용이 나왔던 거 같은데? 심술궂은 악어도 나오고"라며 중얼대다가 다시 모니터로 시선을 돌렸다.

천국택배는 서비스의 특성상 의뢰인을 직접 찾아가서 물품을 접수하는 일이 많다. 그럴 때는 사장과 나나호시가 같이 간다. 가장 많이 방문하는 장소는 병원이지만, 자택이나 요양원을 찾아갈 때도 있다.

오늘 만날 의뢰인은 이쪽 사무실까지 직접 찾아오겠다고 해서, 나나호시는 응접실을 깨끗이 청소하고 과자와 차가 떨어지진 않았는지 꼼꼼히 확인했다.

이번 의뢰인은 마키노 에쓰코, 55세. 딸에게 택배로 유품을 보내고 싶다고 했다. 천국택배를 이용하는 고객들에게는 그야말로 별의별 사정이 다 있다. 나나호시는 벌써 몇 년째 이 일을 해오고 있지만, 의뢰인 한 사람 한 사람마다 온갖 사정이 있고 온갖 물건을 맡기고 싶어 한다는 사실에 매번 놀란다.

이를테면, 무조건 가족이 수취인이라는 법도 없어서 첫사랑(이때는 상대를 찾는 일이 만만치 않아서 죽기 살기로 찾아다녔다), 신세 졌던 회사 선배, 만화 동인지 작가가 수취인이었던 적도 있었다. 거기다 꼭 사람이어야 한다는 보장도 없기에 멀리 입양 보낸 반려묘와 추억이 깃들어 있는 나무와 15년 넘게 다녔던 도장 앞으로 택배를 보낼 때도 있었다. 죽음의 문턱에서 다양한 이들이 다양한 것들을 남기고 떠나갔다.

마키노는 약속 시간에 딱 맞게 들어왔다. 어깨와 목 언저리는 뼈만 앙상하게 남았지만 쉰다섯 살치고는 눈빛이 강렬하고 약속 시간에 단 1분도 늦거나 일찍 도착하지 않는 사람 특유의 빡빡함이 느껴졌다.

서로 인사를 나누고 사장이 천국택배 업무에 관해 한차례 설명한 다음, 덤덤한 말투로 마키노에게 필요한 사항을 물어 확인했다. 나나호시는 사장 옆에 앉아 신청서에 내용을 상세히 적어 넣었다.

"이게 따님이 사시는 주소고 유품으로 남기실 귀금속 컬렉션을 보내달라는 말씀이죠? 돌아가시고 나서 며칠 후에 보낼지 날짜를 정해주시면, 반드시 그날 배달해 드립니다. 기념일에 맞춰서 배송하는 것도 가능하고요."

다음으로 꼭 물어봐야 하는 건 상대방을 언제 마지막으로 만났냐는 질문이다. 그 대답에 따라 받는 사람에게 택배에 관해 설명하는 방법이 달라진다. 되도록 아무런 감정을 섞지 않으려고 사장은 한 층 더 억양 없는 목소리로 물었다.

"따님과 언제 마지막으로 만나셨습니까?"

"10년 전입니다."

그 말은 곧, 마키노와 딸은 지난 10년 동안 한 번도 만나지 않았다는 뜻이다. 나나호시는 지금 마키노의 표정이 궁금해서 흘깃 곁눈질하려다가 그만뒀다. 신청서에서 눈을 떼지 않고 '10년'이라고 써넣었다.

"그사이에 한 번도요?"

"예." 한동안 마키노는 입을 떼지 않았다. 나나호시가 신청서에 머물던 시선을 들자 마키노는 어딘가 먼 곳을 응시하고 있었다.

"배달할 때 저희가 물건에 관해 설명해 드립니다만, 혹시 따님에게 전할 편지나 말씀은 따로 없으신지요? 원하시면, 같이 전달하겠습니다."

"없습니다."

몹시 단호한 어조였다.

"귀금속 말고는 없다는 말씀이군요. 그러면 이 반지나 목걸이에 무슨 추억이라도 있습니까?"

"아뇨. 특별한 추억은 없지만. 값이 꽤 나가는 것들이라 팔면 생활에 보탬이 될 것 같아서요."

목소리가 딱딱했다. 딸이 유품을 팔아 치울 거라고 단정 짓고 있다. 천국택배에는 별별 사정이 있는 손님들이 찾아온다. 인간관계가 원만한 사람만 오지는 않는다. 꼬치꼬치 파고들면 안 되지만 분위기를 보니 뭔가 사연이 있을 것 같았다.

사무실 안에 침묵이 내려앉았다.

"이상하게 들릴지 모르지만, 나와 내 딸 마이는 서로 사는 길이 다릅니다. 앞으로 어떻게 살든 그건 딸의 인생이죠. 나는 시한부 선고를 받고 살날이 얼마 안 남았어요. 물려줄 건 확실히 물려주고 후련하게 떠나고 싶을 뿐입니다."

사장은 부드럽게 물었다.

"다른 택배 회사도 많은데 일부러 저희 쪽에 의뢰하신 걸 보면, 실은 뭔가 전하고 싶은 말씀이 있어서가 아니신지······."

"없어요." 더는 말을 붙일 엄두를 내지 못할 만큼 냉랭하게 대꾸했다. "일반 택배 회사에 부탁하지 않는 이유는, 저쪽에서 안 받겠다고 해서 물건이 돌아오기라도 하면 번거로우니까요. 내가 죽고 나서 택배가 도착하면 딸이 수취를 거부해도 내 눈으로 그 꼴을 볼 일은 없잖아요. 딸한테 다시는 안 봤으면 좋겠다는 말까지 들은 마당에."

비꼬듯이 말했다. 딸에게서 '다시는 안 보고 싶어'라는 말을 들은 눈치였다.

—다시는 안 보고 싶어.

나나호시는 과거에 자기 입으로 내뱉었던 저주 섞인 말을 떠올렸다.

평소 겉으로 드러내지 않으려고 감춰왔던 어두운 부분에 갑작스레 환한 조명 빛이 쏟아진 듯한 기분이었다. 돌멩이를 걷어낸 순간 쏜살같이 달아나는 벌레들처럼 나나호시의 생각도 뿔뿔이 흩어졌다.

"나나호시." 옆에서 사장이 나지막이 이름을 불렀다. 뭐라고 물었는데 나나호시가 완전히 놓친 모양이었다. 마키노도 의아하게 쳐다보았다.

나나호시는 황급히 머리를 조아렸다.

"죄송합니다. 그게…… 저도 엄마와 사이가 별로 좋지 않아서 비슷하다고 생각하다가, 그만…….."

해명하는 나나호시에게 마키노가 관심을 보였다. "저기, 사적인 얘기를 좀 물어봐도 될까요?"

"네. 말씀하세요."

"어쩌다 어머니와 사이가 나빠졌어요?"

지극히 개인적인 사정을 고객에게 말해도 될까. 아직 사장에게조차 자세히 털어놓은 적이 없는 이야기였다. 나나호시가 사장을 흘끗 보자 그는 계속하라는 듯이 고개를 까딱했다.

"제가 엄마가 원하는 이상적인 딸이 아니었거든요." 나나호시는 미소를 지으려 애썼지만 성공했는지는 자신이 없었다. "부모님과 두 언니는 공부를 잘했는데, 저만 성적이 형편없었어요. 제가 맨날 집 밖으로 나돌아서 엄마는 걱정이 이만저만이 아니었고요…….."

부모님, 특히 엄마는 딸을 압박하면 무조건 성적이 오를 거라 믿고 억지로 공부를 시켰다. 갖은 수단을 써봤는데도 나나호시가 도무지 의욕을 보이지 않자 화가 머리끝까지 치밀어 올라 막내딸을 집안의 수치로 여겼다. 엄마는 나나호시가 언니들처럼 부모 말 잘 듣고 착하고 조신하고 남들에게 자랑할 수 있는 딸이 되기를 바랐다. 하지만 나나호시는 고분고분한 성격이 아니었다.

마키노가 고개를 끄덕끄덕했다.

"맞아요. 엄마는 그저 딸의 인생이 걱정돼서 그래요. 나도 딸이 어릴 때부터 학원에 보내주고, 연말연시에는 특별 수업도 받게 했어요. 일타 강사를 수소문해서 외국어도 제대로 배우게 했고. 나중에 고생하면서 살지 않도록, 조금이라도 더 나은 생활을 할 수 있도록, 안정된 행복을 거머쥘 수 있도록. 부모는 죽을힘을 다하거든요." 마키노는 봇물 터진 것처럼 다다다 빠르게 말을 쏟아냈다. "그렇지만 자식들은 그런 부모 마음을 아주 요만큼도 몰라요. 교육비가 얼마나 많이 드는지도 모르고, 세상이 그렇게 호락호락하지 않다는 사실도 모르고, 자식이 실패할까 싶어 부모가 얼마나 노심초사하는지도 모르면서 속을 긁어놓지. 뭐하나 아는 게 없어!"

"죄송합니다……."

대놓고 자기한테 하는 말 같아서 나나호시는 씁쓸하게 웃었다. 듣고 있자니 귀가 따가웠다.

큰언니가 대기업에 입사해서 착실하게 경력을 쌓아가는 동안 나나호시는 공장에서 단기 아르바이트를 하며 돈을 모아 오토바이를 타고 전국을 돌아다녔다. 각지에서 낯선 환경을 즐기다가 또다시 오토바이를 몰고 출발했다. 전국에 친구가 생겼다. 그렇게 정처 없이 여행을 다닐 때가 제일 행복했다.

물론 부모님은 그 모습을 잠자코 두고 볼 수 없었기에 "나중에 어떻게 먹고살려고 그러냐", "땅에 발을 붙이고 안정적으로 살아야 한다", "그만 정신 좀 차려라"라며 번번이 잔소리를 퍼부었다. 서로 얼굴만 보면 못 잡아먹어서 안달이었다.

"앞으로도 어머니와 안 보고 살 건가요?"

마키노의 시선이 나나호시의 얼굴에 꽂혔다. 대답을 기다리듯 눈빛이 진지했다.

마키노는 말문이 막힌 나나호시를 쳐다보다가 숨을 길게 내쉬고 고개를 끄덕였다.

"부모와 자식은 반드시 사이가 좋아야 한다고 누가 그래요? 법으로 정해진 것도 아니고, 다들 각자의 인생이 있고, 서로 잘 안 맞는 모녀도 있기 마련이에요. 그쪽 마음만 편하다면야 어머니와 억지로 만날 필요 없어요. 신경 안 쓰고 살아도 돼요."

"네에, 그렇죠." 나나호시는 수긍했다. "결과적으로는,

말씀하신 것처럼…… 안 보고 살게 됐어요. 엄마와는."

마키노의 눈이 나나호시의 눈동자를 뚫어지게 보고 있었다. 어물쩍 넘어갈 생각이었는데, 마키노의 눈빛은 그런 태도는 용납하지 않겠다는 듯이 엄격하기만 했다.

"평소처럼 다투고 서로 폭언을 주고받다가 엄마한테 '다시는 안 보고 싶어'라고 한 게 마지막이었어요. 제가 오토바이를 타고 여행 간 사이에, 갑자기. 벌써 돌아가신 지 5년 됐어요."

마키노는 말문이 막힌 얼굴로 나나호시를 바라보았다.

"그랬구나……. 미안해요."

아니에요, 괜찮아요, 라며 나나호시는 고개를 저었다.

"건강하고 지병도 없었는데, 정말, 갑작스럽게. 뇌경색이었어요."

─다시는 안 보고 싶어!

─나도 너같이 모자란 애는 두 번 다시 꼴도 보기 싫어!

정말로 두 번 다시 볼 수 없게 되었다.

신은 제정신이 아니다.

언니처럼 공부를 잘해서 엄마 아빠한테 야단맞지 않게 해주세요. 시험 점수가 잘 나오게 해주세요. 그런 소원은 한 번도 들어주지 않았으면서 왜 그때만 들어줬을까.

영안실에서 봤던 엄마는 곤히 자는 사람처럼 보였다.

앞으로도 계속 싸우면서 살 수 있을 거라 믿었다. 물론 사과하는 것도.

"죽음은, 아무도 알지 못하는 강을 건너는 거라고 생각해요. 그쪽으로 가버리면, 아무 말도 전할 수 없어요. 누구도 죽음을 되돌릴 수는 없어요. 그러니까. 마키노 씨가 따님에게 전하고 싶은 말이 있다면 저희 서비스를 이용하셔도 되지만, 지금 직접 하시는 게 더 낫다고 생각해요.

저도 엄마의 모든 면이 좋았던 건 아니에요. 지금도 용서할 수 없는 부분이 있고요. 그렇지만 엄마가 세상을 떠나기 전으로 돌아갈 수만 있다면, 그렇게만 된다면……
'다시는 안 보고 싶어'가 마지막 말이 되게 하지는 않을 거예요. '잔소리꾼이래도 엄마는 내게 소중한 사람이야. 말은 안 했지만'이라고 할지도 몰라요. 엄마를 위해서라기보다는 나를 위해서. 아니, 말을 꺼내긴 어렵겠지만……."

마키노는 한동안 말이 없다가 다시 입을 열었다.

"부끄럽지만, 내 딸은 열아홉 살에 애가 생겨서 결혼했어요. 고개를 푹 숙이고 찾아온 남자는 가방끈이 짧은 기술공이었는데, 편의점에서 마이를 보고 말을 걸었다가 사귀게 됐다나? 집도 가난하고, 아버지는 행방불명에, 이마에는 싸우다가 생긴 상처까지 있고 그래서, 내가 너 같은 놈팡이한테 주려고 지금까지 딸을 애지중지 키운 줄 아냐고 문전 박대했어요. 그랬더니 딸이 여태 엄마 때문에 꾹 참고 살아왔다면서 불평을 쏟아내더군요. '엄마는 나를 마음대로 조정했다, 난 엄마의 인형이 아니다.' 아주 저 혼자 자란 것처럼 굴더라고요."

마키노가 가시 돋친 목소리로 언성을 높였다.

"딸이 결혼하고 1년이 지나고, 2년이 지나고, 이제 슬슬 실패하고 돌아오겠지, 잘못했다고 빌면서 돌아오겠지, 그랬는데 도무지 그럴 기미가 없더군요. 하도 걱정이 돼서 흥신소에 의뢰해 딸이 어떻게 사는지 알아봤어요. 기술공이었던 남자는 젊은 나이에 독립해서 열심히 일하고, 자식도 끔찍이 사랑했어요. 자기보다 훨씬 젊은 사람들까지 고용하고. 종업원들은 어릴 때 엇나갔던 애들인데, 걔들도 그 남자를 잘 따르고, 딸도 주먹밥을 잔뜩 만들어서 공장에 갖다주곤 한다나? 종업원들은 장난삼아 딸을 어머니라고 부르고, 딸도 그 애들이 나쁜 짓이라도 저지르면 '덜떨어진 놈!' 하면서 거침없이 나무란다더군요. 그렇게 얌전했던 애가. 나는 이런 결혼이 오래갈 리 없다고 철석같이 믿었어요. 거봐라, 라고 말해주고 싶었죠. 엄마 말 안 들으니까 실패한 거라고. 그런데 그렇지 않았어요."

잠자코 듣고 있던 사장이 입술을 뗐다.

"부모니까 그런 마음이 드는 게 당연합니다. 그야 그럴 수밖에 없죠……" 하며 고개를 끄덕였다. "생활환경도 다르고 가치관도 다른 사람이 서로 맞춰 사는 게 어디 쉽습니까. 어머니 마음도 충분히 이해합니다. 누가 잘했다, 잘못했다, 잘잘못을 따질 문제가 아니니까요."

사장은 미혼이고 그 부분에 대해서는 언급하면 안 될 것 같은 분위기라 나나호시는 한 번도 물어본 적 없지만, 문득 사장의 인생에도 이런저런 사연이 있을지 모르겠다는 생각이 들었다.

마키노는 한숨을 푹 쉬었다.

"틀어질 대로 틀어져 버려서 이제 어쩔 수 없겠다 싶어요. 다시 얼굴을 보면 서로 날을 세우고 모진 말만 주고받을지도 몰라요. 이제 와서 엄마 행세하지 말라거나."

나나호시는 마키노의 얼굴을 물끄러미 바라보았다.

"그래도 따님에게 아직 못 한 말이 있으면 전하는 게 어때세요? 비난이 오갈지 몰라도 아직 강 이쪽에 있잖아요. 강을 건너고 나면 싸우고 싶어도 못 싸워요. 저도 엄마와 이렇게 헤어질 걸 알았더라면, 자주 싸우긴 했어도 낳아줘서 고맙다는 말은 꼭 하고 싶어요. 그렇지만 이제는 제가 아무리 크게 외쳐도 엄마는 들을 수 없어요. 아직, 시간이 남아 있어요. 마키노 씨에게는."

마키노는 힘없이 옆으로 고개를 저었다.

"난 지난 10년 동안 딸이 실패하고 돌아오기만 기다렸던 사람이에요. 이제 와서 무슨 염치로 엄마 노릇을 하겠어요……."

"그만큼 따님을 걱정하신 거잖아요. 애정이 없으면 아예 생각조차 안 했을 겁니다."

사장이 나지막하게 말을 보탰다.

"솔직히 말하면요." 초조함이 묻어나는 목소리였다. "지금도 나는 분하고 억울한 마음뿐이에요. 너를 성인이 될 때까지 키운 건 나다. 네가 누리는 행복은 우연히 손에 들어온 모래성 같은 거다."

마키노는 달갑지 않다는 투로 말했다.

"우연이었다 해도 결혼은 운명적인 만남이라고들 하잖아요. 따님에게 확고한 인생의 버팀목 같은 게 있었기 때문에, 사위분도 열심히 노력할 마음이 생기지 않았을까 싶은데요."

침묵이 이어졌다. 벽시계가 째깍거리는 소리가 또렷이

들렸다. 나나호시는 1초, 1초, 흘러가는 시간을 생각했다. 평소에는 의식조차 하지 않았지만, 사는 동안 우리는 1초씩, 1초씩, 시간을 잃고 있다는 생각이 들었다. 언제 강을 건너게 될지는 아무도 모른다.

차갑게 식은 찻잔을 앞에 두고 세 사람 다 말이 없었다.

"둘 다 온갖 막말을 날리고 난리를 쳤던 터라 좋은 감정은 하나도 안 남아 있어요. 그러니까 10년이나 안 보고 살았겠죠. 아무것도 없어요, 우리 모녀 사이에는."

아무것도 없다…….

나나호시는 무슨 말이라도 하고 싶었다. 지금 한 사람이 자기 인생의 중요한 분기점에 서 있음을 강렬하게 느꼈다.

아무것도 없을 리가 없다. 틀림없이 뭔가 있다. 그러니까 여기까지 왔겠지.

나나호시는 무슨 말이든 해야 한다는 생각에 애가 탔지만 머리에는 아무것도 떠오르지 않았다. 이럴 때는 뭐라고 하면 좋을까. 조바심을 내면 낼수록 명언도, 명대사 따위도 전혀 생각나지 않았다.

그만 이야기를 마무리 지으려고 입을 벌리는 사장을 막았다. "잠깐만요!"

두 사람의 시선이 자신을 향한 걸 알았지만 머릿속은 여전히 백지상태였다. 식은땀이 솟아났다.

"잠깐만 기다려 주세요…… 아무것도 없으세요? 정말 아무것도 없어요? 아니, 집에 뭐라도 남아 있지 않을까요?"

"없어요."

마키노가 거참 끈덕지네, 라고 눈총을 쏘았다.

스스로도 왜 이렇게 정색하고 나서는지 이해할 수 없었다. 어쩌면 마키노는 이대로 세상을 떠난 후에 딸이 자신의 유품을 받아 들고 두고두고 후회하길 바라는지도 모른다. 네가 용서를 구하지 않는 사이에 나는 세상을 떠났다. 이 나쁜 것아. 다 너 때문이야. 짐작하건대 사후에 마키노가 진정 남겨주고 싶은 것은 귀금속이 아니라 죄책감이 아닐까.

천차만별이라는 말처럼 세상에는 다양한 부모와 자식이 존재한다. 타인은 어느 쪽이 옳은지 그른지 판가름할 수 없다. 한낱 택배 기사에 불과한 자신이 개입하면 안 되는 일이었다.

그렇지만 나나호시는 마키노가 아무 말 없이 저세상으로 가버리는 것도, 딸이 평생 후회하며 사는 것도 바라지 않았다. 인생의 마지막 선물이 원망과 저주로 물드는 것을 두고 볼 수 없었다.

"지금 사시는 집은 예전부터 계속 살던 집인가요?"

"그렇죠…… 결혼하고 쭉 살던 집이에요."

"따님도 그 집에 사셨죠? 추억이 담긴 물건 같은 거 없을까요? 뭐든지 괜찮아요."

"그렇게 물어본다고 해도……." 마키노의 시선이 허공을 헤맸다.

"몇 년 전에 살던 집을 재건축하면서, 그때 안 쓰는 물건들은 눈 딱 감고 모조리 처분했거든요. 딸이 쓰던 물건들이며 오래된 건 죄다 버리고 없어요."

나나호시는 필사적으로 매달렸다.

"안 비싸도 돼요. 완전히 잊고 있던 것도 괜찮아요, 뭐든지……." 말하면서 손이 저절로 움직였다. 손가락으로 사각형을 만들어 보였다.

"그게 뭐예요? 앨범? 앨범은 내가 버릴까 봐 남편이 어디다 챙겨놨을 텐데, 어디에 뒀는지는 모르겠어요. 진짜 하나도 안 남았다니까요." 마키노가 다시 고쳐 말했다. "아니. 하나도 **안 남겼어요.**"

"그치만, 버리지 못한 물건이……."

"나나호시."

나나호시는 옆에 있던 사장에게 주의를 듣고서야 사각형을 만들었던 손가락을 풀고 한껏 앞으로 기울였던 자세를 바로 하고 앉았다.

마키노의 시선은 내내 허공을 향하고 있었다.

어색한 침묵이 사무실을 둘러쌌다.

역시 개인적인 일에 깊이 관여하면 안 되는 거였다. 나나호시가 죄송하다고 말하려던 참이었다.

"아."

마키노의 입에서 외마디 소리가 흘러나왔다.

눈을 연신 끔뻑거렸다.

"……레시피 노트."

"반찬 레시피 같은 거예요?"

"딸이 공부하는 짬짬이 과자 만드는 걸 좋아해서, 종종 같이 만들었거든요. 색연필로 색칠까지 하며 그림책처럼 예쁜 레시피 노트도 만들고. 둘이서 맛있다는 말을 연신 주고받으면서……." 돌연 마키노의 온몸이 굳어버렸다.

시간이 멎은 듯한 사무실 안에서.

뜨거운 눈물방울이 뺨을 타고 흘러내렸다.

"어쩌다 이런 일이. 어쩌다 이렇게 돼버렸을까. 그냥 모녀 둘이 맛있게 먹으면서 마주 보고 웃던 시절도 있었는데.

왜 이렇게 됐을까. 대체 왜…….”

　마키노가 손수건을 꺼내 꽉 거머쥐었다.

　결국 마키노는 의뢰를 취소하고 돌아갔다. 집에 가서 레시피 노트를 찾아보겠다고, 딸을 만나보겠다고 했다. 노트를 들고서.

　“만나보시고 혹시라도 이야기가 잘 안 풀리면 언제든지 다시 의뢰를 받아들일 테니까. 안심하세요”라는 사장의 말에 마키노는 거듭 고맙다고 하면서 돌아갔다.

　나나호시는 창문으로 빌딩 사이의 하늘을 올려다보았다. 바람이 세게 부는지 구름이 흘러가고 있었다.

　다시 고요가 찾아온 사무실 안에서 나나호시는 흩어져 있던 서류를 모아 책상을 탁탁 치며 네 귀퉁이를 맞췄다.

　“근데 아까 그건 뭐였어? 손으로 이렇게 하던 거.” 사장이 나나호시 흉내를 내듯 손으로 사각형을 만들며 물었다. “아, 그건요…….” 나나호시는 찻잔을 정리하며 대답했다.

　“집에 있던 ‘기념 촬영용 입간판에 얼굴을 넣고 찍은 사진’이 생각났거든요.”

　“기념 촬영용 입간판? 그게 뭔데?” 사장이 무슨 말인지 통 모르겠다는 얼굴로 나나호시를 쳐다보았다.

　“제가 여행을 좋아해서 전국을 이리저리 돌아다녔다고

했잖아요. 딸이 툭하면 집을 비우고 어디 있는지 모르면 부모는 부모대로 걱정이 되고요. 근데 전화하면 얼른 집에 돌아오라는 잔소리를 들어야 하니까 그게 싫어서, 지금 잘 지내고 있다는 뜻으로 관광지에 도착하면 얼굴 부분에 구멍이 나 있는 입간판에다 제 얼굴을 넣고, 지나가는 사람한테 부탁해서 사진을 찍은 다음에, 편의점에 가서 출력하고 거기다 우표를 붙여서 그대로 보냈어요. 집으로요."

"나나호시, 잘도 그런 짓을 했었군……." 사장이 어이없는 표정을 지었다.

"장례식을 치르고 다 마무리하고 난 뒤에, 엄마의 귀중품 상자가 나왔어요. 열어보니까 노트가 한 권 들어 있었는데 제가 보낸 사진을 다 모아뒀더라고요. 착실하고 꼼꼼한 성격대로 노트에 날짜와 장소와 간단한 이동 경로까지 적어서. 여행 갈 때마다 격하게 반대하고 얼굴만 보면 으르렁거리면서 싸웠던 사이여서, 그런 장난스러운 사진을 전부 모아뒀을 줄은 상상도 못 했어요. 사슴 얼굴, 사이고 다카모리⁺ 얼굴, 말 엉덩이에서 금방이라도 태어날 것 같은 얼굴, 그런 것까지 전부."

⁺ 일본의 군인이자 정치가로, 메이지 유신의 주역 중 한 명이다.

"말 엉덩이에서 금방이라도 태어날 것 같은 얼굴?" 하며 사장이 웃음을 터뜨렸다.

"진짜 있어요, 그런 포토 존도⋯⋯."

마키노의 이야기를 듣고 있을 때, 그 노트가 나나호시의 머릿속을 스치고 지나갔다. 누가 손에 들고 "자" 하고 내민 것처럼 번쩍 떠올랐다.

평생 사이가 좋지 않았다. 엄마와는 마주치기만 하면 트집을 잡고 싸웠다. 좋았던 추억이 거의 없다. 그런데도 이번에는 엄마가 도와줬다는 느낌이 강하게 들었다.

사람이 죽으면 아무도 알지 못하는 강을 건너 저세상으로 간다고 하지만, 때로는 이 세상에 남아 있는 사람들의 가슴속에서 다른 모습으로 영원히 살아가기도 한다. 그러기 위해 우리가 이 일을 하는 거라고, 나나호시는 자신에게 다짐을 놓듯 되뇌었다.

"그나저나 난 그런 사진을 찍어본 적이 없네⋯⋯."

"인생의 3분의 2를 헛살았네요."

"3분의 2나?"

사장이 껄껄 웃으며 앞에 있던 파일을 펼쳤다. 다음 의뢰는 커다란 꽃다발을 배달하러 가는 일이다. 과거의 결혼 기념일을 축하하는 장미를.

"제가 운전할게요, 미팅도 빨리 끝났고. 옆에서 한 명이 들고 있으면 꽃봉오리도 안 상하고 좋잖아요."

사장이 "그러면 가볼까" 하며 모자를 썼고, 나나호시도 모자를 단정하게 썼다. 모자에도 한 쌍의 흰색 날개 마크가 붙어 있다.

아무도 모르는 강 저편과 이쪽 세상을 이어주는 마지막 선물.

누군가의 마지막 마음을 전하기 위해 오늘도 달려간다.

천국에서 온 택배

초판 1쇄 발행 2024년 9월 30일 | **초판 5쇄 발행** 2025년 4월 21일

지은이 히이라기 사나카 | **옮긴이** 김지연

책임편집 홍은선 | **디자인** 유은
책임마케팅 최혜령, 박지수, 도우리 | **마케팅** 콘텐츠 IP 사업본부
해외사업 한승빈 | **경영지원** 백선희, 권영환, 이기경, 최민선 | **제작** 재영P&B

펴낸이 서현동 | **펴낸곳** ㈜오팬하우스 | **출판등록** 2024년 5월 16일 제2024-000141호
주소 서울시 강남구 테헤란로419, 11층(삼성동, 강남파이낸스플라자)
이메일 info@ofh.co.kr

ⓒ히이라기 사나카 2024

ISBN 979-11-94293-09-5 (03830)

모모는 ㈜오팬하우스의 출판브랜드입니다.

책값은 뒤표지에 표시되어 있습니다.

잘못된 책은 구입하신 서점에서 바꿔드립니다.